치열한 독서는
삶을 어떻게 바꾸는가?

책을 읽고,
나는 살았다

치열한 독서는
삶을 어떻게 바꾸는가?

책을 읽고,
나는 살았다

오애란 지음

이담
Books

들어가는 글

잠에서 깨면 물 한 잔을 마신다. 잠든 가족 깨우지 않고 베란다에 마련된 나만의 독서 공간으로 간다. 책을 읽다 밖으로 시선을 돌리면 이른 시간부터 하루를 준비하는 사람들이 보인다. 각자의 자리에서 최선을 다하는 사람들. 나도 열심히 살아야겠다고 다짐한다. 동시에, 평화롭고 한가로운 나만의 시간을 보낼 수 있음에 감사한다.

책을 읽으며 하루를 시작한 지 오래다. 재능이나 학벌, 돈, 성격 등 부족한 점 많았던 나는 독서 덕분에 자존감도 생겼고 평생 직업도 찾았으며 감사하는 마음도 갖게 되었다. 책을 읽는 시간이 마냥 좋았던 것만은 아니다. 지겨울 때도 있었고 집중하기 힘들 때도 많았다. 몇 시간 동안 읽을 때도 있었고, 몇 분 만에 책을 덮을 때도 있었다. 가랑비에 옷 젖는다고 했던가. 조금씩 삶에 스며든 책은, 내 삶 깊숙이 영향을 미쳤다.

오랜 기간 책을 읽고 조금씩 변화된 내 모습은 곧 주변 사람에게까지 영향을 미쳤고, 덕분에 희망과 용기를 갖게 됐다는 말을 들을 때마다 기쁘고 행복하기 이를 데 없었다. 단지 책을 읽었을 뿐인데 주변 사람에게 좋은 영향력을 끼치고 있다는 것을 확인받을 때마다 내가 중요하고 의미 있는 사람이 된 것 같다.

다른 사람들에게 선한 영향을 전하는 것도 좋지만, 가족과 함께 평범한 일상을 누릴 수 있다는 사실에 감사한다. 평범한 하루를 살기까지 많은 아픔을 겪었다. 이겨낼 때마다 마음은 단단해졌고, 고통이 끝날 때마다 감사한 마음이 하나씩 늘었다. 그렇게 만들어진 일상이기에 더없이 소중하다.

앞만 보고 달렸다. 어느 순간 허탈한 마음이 들었다. 원인이 무엇인지 알 수 없었다. 고민했다. 책을 읽었지만 눈에 들어오지 않았다.

마음을 열었다. 내 모습을 있는 그대로 드러냈다. 처음에는 아팠다. 부끄럽고 힘겨웠다. 무조건 책을 잡고 버텼다. 조금씩 심장이 따뜻해지고 영혼이 자유로워졌다. 그제야 人生을 조금 알 것 같았다. 어느새 인생 후반전이다.

스무 살 시절에는 책 살 돈이 없어서 도서관을 이용했다. 도서관은 내 성장의 발판이었다. 영등포 시립 도서관에서 시작해 고양시에 있는 수많은 도서관까지. 모두가 나를 위해 준비된 장소였다. 원하는 책을 원하는 만큼 살 수 있는 경제적 여유가 있는 지금이지만, 그 공간을 잊지 못하고 또 즐기기 위해 도서관에 간다.

혼자 하는 독서에서 함께하는 독서로 전환한 후부터 놀라운 속도로 발전했다. 다양한 독서 모임에 참여하면서 고집스럽고 단단한 껍질을 벗고 날개를 펼치기 시작했다.

한 사람의 인생을 책 한 권에 담는다는 게 쉽지 않다. 그래도 '나의 흑역사(?)를 통해 누군가가 희망을 얻을 수 있다면 보람이다' 싶은 마음에 글을 쓰기 시작했다. 잊고 있었던 기억이 떠올라 울컥하기도 했고 웃기도 했다. 스스로 위로받았다. 글의 힘은 위대하다.

무력할 때, 자괴감에 빠져 있을 때, 세상을 향해 날을 세울 때, 자신을 학대하며 몰아칠 때, 내가 믿고 의지할 수 있는 건 책 뿐이었다. 살기 위해서 읽은 책. 모든 것을 한탄하고 부정적으로 바라보던 내가 달라질 수 있었던 시간들. 이 책을 읽는 모든 이가 자신을 두텁게 옭매고 있는 껍질을 벗고 훨훨 날아오를 수 있기를 빈다.

차 례

제1장

책 속에 길이 있다

학창 시절, 선생님들은 늘 말씀하셨다. 책 속에 길이 있다고. 그 말을 믿을 수 없었다. 책 속에 길이 있다고 하면서 왜 책 읽을 시간은 안 주는지, 자습 시간에 책 읽고 있으면 왜 혼내는지……. 책 읽기를 좋아하던 어린 시절을 사춘기가 되면서부터 빼앗겼다. 오직 공부, 공부, 공부…… 무작정 어른들이 시키는 대로 앞만 보고 달렸다. 나는 무엇을 원하는지, 무엇을 하고 싶은지 생각하지 않고 남들이 하는 것에 나를 맞추려고 애쓰면서 살았다. 세상의 잣대로 내 삶을 평가하면서 전전긍긍했다. 열심히 살아도 원하는 만큼 결과가 나오지 않을 때면 세상을 향해 종종 주먹을 날리기도 했다. 그러다가 그동안 잊고 있던 책 읽기를 시작했다. 책 읽기가 직업이 되었고 직업을 잃고 싶지 않아 전투적으로 책을 읽었다. 꾸준히 책을 읽었지만 내 삶에 큰 변화는 없었다. 도대체 무엇이 문제였을까? 세월이 흘러 한 발자국 뒤로 물러나 자신을 바라보면서 조금씩 깨닫게 되었다. 잘못된 책 읽기를 했다는 것을. 방법이 잘못되었기에 책 속에서 길을 찾지 못했다는 것을. 책 속에 길이 있다는 말은 진리구나. 그때부터 진짜 책 읽기를 시작했다. 내 나이 50이 다 되어 가는 시점에.

1

책 속에 길이 있다고? 말도 안 되는 소리잖아

내 사회생활은 시작부터 험난했다. 학창 시절 열심히 공부했지만 뚱뚱하고 고집스럽게 입을 꾹 다물고 있는 나를 받아 주는 회사는 없었다. 나보다 성적도 안 좋고, 성격도 별로(?)인 애들이 대기업 면접이라도 볼 기회를 얻는 걸 보면서 공정하지 않은 사회에 대해 화가 났다. 기업에서 요구하는 서류 조건에는 내가 더 적합한데도 나에게는 면접의 기회조차 주지 않는 어른들에게 핏대를 올리면서 대들었다.

어려운 가정 형편 때문에 내가 원하는 공부를 마음대로 하지 못하고 일찍 취업하기 위해 여상에 진학했다는 사실이 학창 시절 내내 피해 의식으로 작용했다. 물론 여상 진학은 온전히 내 선택이었다. 중학교 선생님은 내가 상업고등학교 진학을 선택했을 때 엄마를 학교로 불러 내 선택을 바꾸도록 하라고 말씀하셨지만, 너무 일찍 철이 들어 버린 나는 내 선택이 최선이라고 생각했다. 그러면서도 현실을 받아들이지 못하고 가난한 부모님께, 불합리하다고 생각하는 사회를 향해 날을 세우고 있었다.

인생에서 가장 발랄하고 생기 넘치는 시절인 고등학교 과정 내내 나는 혼자 이 세상의 고민을 모두 짊어지고 있는 사람처럼 살았다. 그때 가장 좋아했던 작가가 바로 허무주의의 아이콘인 '쇼펜하우어'였다. 허무, 염세주의, 불행의 근원인 여자, 사랑에 대한 평가 절하 등. 그의 철학을 제대로 이해하지 못했지만, 어쨌든 그때 내 감정을 대신 표현해 주는 철학자라고 생각했다. 쇼펜하우어와 관련 있는 책을 몇 권씩 빌려 밤늦도록 읽었다. 그가 주장하는 것이 무슨 말인지 제대로 알아듣지 못했지만 무작정 읽었다. 그냥 날카롭게 이야기하는 표현 방식이 마음에 들었다.

진학보다는 취업에 초점이 맞춰진 과목이 대부분인 학교 수업에 흥미가 없었던 나는 도서관에서 책을 빌려다 몰래 읽는 게 가장 큰 즐거움이었다. 수업이 끝나면 친구들은 저마다 취업을 위한 자격증 준비를 위해 주산, 부기, 타자 학원에 다녔다. 나는 학원비를 모두 낼 만큼 여유 있지 않아서 학원에 등록하지 못했다. 부모님께 말씀 드리면 분명히 학원비를 주셨겠지만 고생하시는 부모님께 돈 달라는 말이 나오지 않았다. 학원에 가는 대신 도서관에 가서 책을 읽고 시험공부를 하다가 집에 갔다. 돈이 부족한 대신 시간이 많았다. 그래서 학교 5층에 있는 도서관에서 많은 시간을 보냈다. 해가 지는 늦은 저녁, 텅 빈 운동장을 지나 집으로 가는 발걸음은 무거웠다. 하지만 마음은 충만했다.

그 시절 가장 많이 읽은 분야가 철학과 심리학, 소설이었다. 철학 책은 읽어도 무슨 말인지 알아듣지 못하는 것이 대부분이었지만 겉멋이 잔뜩 들었던 나는 그저 괜찮은, 수준 높은 사람으로 보이고 싶은 욕망에 계속 읽었다. 심리학 관련 책을 읽으면서 '나는 누구인가?'에 대한 답을 찾고 싶었다. '나는 왜 모든 일에 불만이 많고 신경질적인가?', '나는 왜 숨죽이고 지내다가 사소한 일에 불같이 화를 내는가?', '나는 항상 후회하면서 왜 다른 사람들의 눈치를 보면서 선택하는가?' 끝도 없이 이어지는 질문에 해답을 찾기 위해 심리학 서적을 들고 살았다. 반대로 소설은 현실의 나를 잊게 해 주는 도구였다. 예민한 사춘기에 소설 속 주인공이 되면 넉넉하지 못한 현실을 잠시나마 잊을 수 있었다. 특히 로맨스 소설을 좋아했다.

책과 함께 보낸 학창 시절이지만 현실은 만만치 않았다. 상업고등학교 3학년 2학기, 이미 취업한 친구들은 학교에 오지 않고 회사로 출근했다. 미리 회사 업무를 배우고 적응하는 시기를 학습의 연장으로 인정했기 때문이다. 한 명, 두 명 자리를 비우는 친구들이 늘어갔다. 다시 오지 않을 학창 시절을 끝까지 누리는 게 현명한 선택이라고 아무리 자신을 속이려 해도 쉽지 않았다. 선생님이 서류를 들고 교실에 들어와 남아 있는 아이들을 쓱 훑어볼 때면 '이번에는 내 차례일까?'라는 기대감이 가득했다. 내가 아닌 다른 친구의 이름을 불렀을 때 느꼈던 실망감. 역시 나는 안 되는구나……. 선택받은 친구들은 본격적인 취업 준비에 들어갔다. 대부분 서류 자격은 갖춘 상태기에 면접 준비를 해야 했다. 평상시와 다른 옷을 입고 (나는 교복 자율화 1세대다) 학교 앞 미용실에 가서 드라이도 했다. 삼삼오오 몰려서 면접장으로 향하는 친구들을 바라보는 내 마음은 씁쓸했다. 그런 날에는 학교 도서관에 더 오래도록 머물렀다.

시간이 흐를수록 내 눈높이는 점점 낮아졌고, 이제는 학교 졸업하기 전에 어느 곳이라도 좋으니 취업만 할 수 있으면 좋겠다고 생각했다. 딱 한 번 중견기업에 면접을 보러 가기는 했지만, 그 꿈은 결국 이루어지지 않은 채 졸업했다. 이제는 나를 도와줄 선생님도 없고, 스스로 알아서 앞길을 헤쳐나가야 했다. 마음이 조급해지고 부모님께 미안한 마음뿐이었다. 학교 도서관 대신 공공 도서관으로 자리를 옮겼다. 무엇을 해야 할지 몰라 구내식당에서 짜장밥을 사 먹으면서 무작정 책만 읽었다.

> 우리의 뇌는 우리가 하는 상상이 실제인지 상상인지 구분하지 못한다. 그래서 머릿속에 상상된 생각들은 현실에서 이것을 만들기 위해 주변의 모든 상상들과 일을 한다. (김승호, ≪생각의 비밀≫, 황금사자, 44쪽)

≪씨크릿≫, ≪왓칭≫, ≪끌어당김의 법칙≫, ≪꿈꾸는 다락방≫, …… 모두 똑같은 말을 했다. 간절히 원하면 이루어진다고. 생생하게 꿈꾸면 이루어진다고. 내 반응은 이랬다.

'웃기고 있네……. 생각만 해서 이루어질 것 같으면 이 세상에 안 될 일이 뭐가 있겠어?'

세상을 살아가면서 말도 안 된다고 생각하는 일이 많았다. 열심히 공부하면 반드시 좋은 결과가 나온다고 했다. 그래서 열심히 공부했다. 하지만 성적은 그다지 좋지 않았고, 취업도 못 했다. 취직한 후에는 성실히 일하면 누군가는 알아준다고 했다. 그래서 누구보다 일찍 출근해 허드렛일도 마다하지 않았다. 사무실 청소, 은행 심부름, 커피 준비, 화장실 청소까지 했다. 처음에는 고마워하고 미안해하던 사람들이 나중에는 당연히 내가 해야 하는 일로 생각했다. 화가 나고 억울했다. 나보다 인생을 먼저 살아온 선배들이 하는 말이라서 당연히 그대로 믿어야 하는 줄 알았다. 세상은 원칙이 통하고 책에서 말하듯 기본이 지켜지는 줄 알았다. 하지만 세상은 만만치 않았고 어떻게 살아야 하는지 자신만의 신념을 갖고 있지 못했던 나는 계속 흔들리고 여기저기 부딪쳤다.

　책 속에 길이 있다고 모든 이가 힘주어 말하지만 나는 그 말을 믿을 수 없었다. 아무리 책을 읽어도 길은 고사하고 길이라고 알려주는 이정표 하나도 발견하지 못했다.

2

엄마, 동화책 한 권만 사 주세요

"언니, 엄마 보러 가자."

"안 돼, 지난번에도 아저씨한테 혼났잖아."

"아니, 아니. 엄마한테 가자고……."

"왜 그래? 자꾸 그러지 마."

"막내 젖 먹여야 하니까 엄마한테 가자고……."

엄마는 정미소에서 일한다. 한쪽에는 쌀이 가득 들어 있는 포대, 보리가 가득 들어 있는 포대 등 몇 가지 곡식이 커다란 포대에 담겨 있다. 혼합 정부미를 만들기 위해 쌀과 보리 등 몇 가지 잡곡을 일정 분량만큼씩 퍼서 작은 포대에 담는다. 그 포대를 컨베이어 벨트 위에 올리면 박음질이 되어 포장미가 된다. 엄마는 아침부터 저녁까지 잡곡을 퍼 담는다. 무거운 포대를 온종일 옮겨야 한다. 엄마 몸에서는 항상 쌀겨 냄새가 났고 입자가 곱고 누런 가루가 떨어졌다. 오전, 오후, 짧은 휴식 시간에나 허리를 펼 수 있는 고된 노동이지만 가난한 살림살이를 꾸려가려면 일을 골라서 할 형편이 아니었기에 그마저도 작업 감독의 눈치를 봐가며 해야 했다. 엄마가 일하는 정미소는 집에서 가까운 곳에 있었고, 나는 아직 첫돌도 지나지 않은 막냇동생을 업고 엄마의 휴식 시간에 맞춰 정미소로 갔다. 엄마는 휴식 시간 동안 동생에게 젖을 먹였다. 엄마가 막내에게 젖을 먹이는 동안 나는 천장이 높은 정미소 안을 둘러보며 마음이 쓸쓸했고, 우리 가족이 초라하게 느껴졌다. 그래서 정미소에 가는 게 싫었다. 네 살 동생은 그런 내 기분도 모른 채 수시로 엄마 보러 가자며 보채곤 했다. 그런 동생을 달래고 보살피는 게 내가 해야 하는 일 중 한 가지였다. 내 나이 여섯 살이었다.

나는 강원도 횡성 시골에서 태어나 남춘천에서 살았다. 엄마, 아빠는 가난한 사람들끼리 만나 간소한 결혼식을 올리고 신혼살림을 시작했다. 아빠는 벽돌 공장, 옹기 장사, 공사판 등에서 일했고 엄마는 간간히 남의 집 일을 해 주면서 어렵게 살았다. 엄마, 아빠가 열심히 일했지만 가난한 살림살이는 나아지지 않았다. 힘든 사정을 잘 알고 있는 외할머니는 여러 사람에게 부탁해 서울에 아빠 일자리를 마련했다. 그 소식을 듣고 초라한 짐을 챙겨 서울로 올라왔지만, 마련되었던 일자리는 벌써 다른 사람에게 돌아갔다. 그래도 '빌어먹더라도 서울로 가야 살 수 있다는 신념'으로 서울로 왔으니 다른 일자리를 찾으려고 사방으로 다니며 수소문했고, 아빠는 종이 공장에, 엄마는 정미소에 일자리를 얻은 것이다.

우리는 마당에 공동 펌프가 있는 집에서 셋방살이를 했다. 셋방살이하는 사람들의 출입문이 한 일 자(一)로 늘어서 있었다. 엄마와 동갑인 주인집 아주머니는 엄마를 매우 측은하게 생각해 우리를 살뜰하게 보살펴 주셨다. 엄마 없이 끼니를 거르는 우리 세 자매를 위해 밥을 주기도 했고, 가끔 주인집으로 들어오라고 부르기도 했다. 주인집에는 예쁜 그림책이 여러 권 있었다. 나는 그 책이 너무 갖고 싶었다. 하지만 우리 형편에는 어림도 없었다.

아빠가 야간 근무라서 밤새워 일을 마치고 돌아와 잠들어 있던 날, 집 밖에 나갔다가 어떤 아저씨를 봤다. 아저씨는 예쁜 그림이 그려진 종이 뭉치를 들고 있었다. 내가 관심을 보이자 아저씨는 나에게 그것을 보여 주었다. 그림 동화 전집 안내장이었다. 너무 신이 나서 집으로 뛰어 들어가 잠들어 있는 아빠를 흔들어 깨웠다. 어느새 책 장수도 나를 따라 우리 집으로 들어왔다. 책 장수는 아직 잠이 덜 깬 아빠에게 안내장을 보여 주며 신나게 설명을 했다. 옆에서 그 모습을 지켜보며 제발 아빠가 저걸 사 준다고 하면 좋겠다는 마음으로 간절히 빌고 또 빌었다. 마침내 아빠는 책 장수가 하라는 대로 구매 용지에 이름을 쓰고 사인을 했다. 밖으로 나간 책 장수는 10여 권의 책을 들고 왔다. 입이 바가지만큼 벌어진 나는 신이 나서 아빠를 끌어안고 뽀뽀를 했다. 신이 난 나는 책 장수가 놓고 간 책을 펼쳐보며 행복했다.

잠시 후, 근처에서 사는 외할머니께서 우리 세 자매에게 밥이라도 챙겨주려고 집에 오셨다. 외할머니는 방바닥에 늘어놓은 책을 보시고는 어떻게 된 영문인지 물었다. 자다 깨기를 반복하느라 부스스한 얼굴로 일어난 아빠는 책을 사게 된 과정을 설명했다. 그 책은 현금으로 산 것이 아니라 할부로 산 것이고, 아빠가 사인한 것이 바로 몇 달 동안 일정 금액을 나눠서 내겠다는 할부 계약서였던 것이다. 아빠의 설명을 들은 할머니는 노발대발했다. 당장 하루하루 먹을 쌀과 연탄도 제때 사지 못해 외상으로 가져다 놓고, 월급 타면 그 외상값을 갚느라 힘겹게 살아가고 있는 실정이었다. 그런 상황에 할부로 동화책을 샀다니……. 외할머니 입장에서는 이해할 수 없는 행동이었다. 화가 난 외할머니는 아빠에게 큰소리를 치며 당장 책을 도로 갖다주라고 했지만, 간절하게 바라보고 있는 나와 외할머니 사이에서 아빠는 이러지도 저러지도 못했다.

외할머니는 당장 밖으로 나가서 또 다른 고객을 찾아 서성거리던 책 장수를 만나 강제로 집으로 끌고 왔다. 책 장수는 외할머니 기세에 눌려 방바닥에 놓여 있는 책을 주섬주섬 챙기고 아빠가 사인했던 구매 용지를 던져 놓고 가버렸다. 우리 세 자매와 아빠는 슬금슬금 외할머니 눈치를 보며 또다시 떨어질 불호령을 피하려고 서로를 외면하고 있었다. 외할머니는 한동안 혼잣말인지, 아빠에게 들으라는 뜻으로 하는 것인지 헷갈리는 넋두리를 하며 밥을 차려 우리가 먹게 하셨다. 나는 잠깐 누린 행복을 빼앗은 외할머니가 밉고 야속해서 밥도 먹고 싶지 않았다. 하지만 배꼽시계는 왜 그리 무심하게 잘도 돌아가는지…… 멀찌감치 떨어져 앉았던 자리에서 엉덩이 걸음으로 밥상에 다가갔다.

'일단 밥을 먹고 저녁에 엄마가 오면 엄마한테 말해야지!'

외할머니가 떠난 후 엄마가 집에 돌아오기 전까지 몇 번이나 문밖을 들락날락했다. 시간은 왜 그렇게도 느리게 흐르던지. 저녁 어스름에 엄마가 지친 몸을 끌고 집에 들어서자마자 동생은 낮에 있었던 외할머니와 아빠가 치른 전쟁 이야기를 낱낱이 보고하느라 신이 났다. 동생의 이야기를 다 듣고 상황 파악이 끝난 엄마는 이미 야간 근무하러 회사로 간 아빠를 향해 '쓸데없는 일을 했다'라며 혼잣말을 했다. 그리고 풀 죽어 있는 나를 바라보셨다.

"엄마가 얼른 돈 많이 벌어서 동화책 사 줄게. 알았지?"

엄마는 그 말을 하며 눈시울이 붉어졌다. 떨어지는 눈물을 보이고 싶지 않은지 서둘러 부엌으로 나가려고 쪽문으로 돌아서던 엄마의 등이 가볍게 흔들리고 있었다. 내 눈에 고인 눈물 때문인지 진짜로 엄마가 울고 있는 것인지 알 수 없는 흔들림이었다.

3

철봉 아래서

　내가 다녔던 초등학교는 1900년에 설립된 학교다. 초등학교에 입학했을 때 이미 학교는 75년이 지난 낡은 건물이었다. 건물은 작았지만 학교에는 '숲속의 교실'이라는 자연 학습장이 있었고 그곳에서 토끼와 닭을 키웠다. '숲속의 교실' 팻말을 걸어 놓은 큰 느티나무 주변에 동그란 나무 의자가 있고 아이들은 그곳을 자주 찾았다. 학교 끝난 후 삼삼오오 모여 술래잡기도 하고 소꿉놀이도 했다. 학교 정문으로 들어가기 전 길 양쪽으로 넓은 밭이 있었는데 거기에 땅콩, 결명자 등을 심고 학생들이 수확하는 수업도 했다. 어느 여름 수업 시간에 땅콩 캐기를 했는데 모래 섞인 밭에서 줄줄이 딸려 나오던 땅콩을 신기하게 바라봤던 기억도 새록새록 떠오른다. 학교 수돗가 뒤편에 말리려고 쫙 펼쳐 놓은 주홍색 결명자가 갈색으로 변하는 과정을 지켜보는 것도 학교 가는 즐거움 중 하나였다.

　386세대에 속하는 나는 교실이 터져나갈 정도로 많은 아이와 함께 공부했다. 너무 많은 학생을 한꺼번에 수용할 수 없어 학교에서는 2부제로 수업했다. 일주일은 오전반, 일주일은 오후반이었다. 오전반일 때는 학교 끝난 후 숲속의 교실로 가서 늦도록 놀았다. 어두컴컴할 때까지 놀고 집으로 돌아와 저녁을 먹고 잠들거나 저녁을 다 먹지도 못한 채 잠이 들기도 했다. 나는 오전반 할 때가 좋았다. 왜냐하면 시간 때우기 위해 여기저기 돌아다닐 필요가 없으니까. 오후반이 되면 숲속의 교실에 가도 아이들이 없어서 혼자 수업 시작할 때까지 기다려야 할 때가 많았다. 숲속의 교실은 학교 본관 건물보다 지대가 낮은 곳에 위치해 많은 아이가 함께 모여 놀 때는 괜찮지만 혼자 있을 때는 좀 무서웠다. 주변을 모두 철망으로 둘러쳤고, 인적도 드물고 키 큰 나무 때문에 햇볕이 잘 들지 않는 곳이라서 어린 아이가 혼자 있는 게 조금 꺼려지는 분위기였다.

집에서 동생 두 명을 돌봐야 하는 나는 오후반이면 학교 가기 전까지 나를 귀찮게 하는 동생들을 피해 일찌감치 집을 나섰다. 하지만 갈 곳이 마땅치 않았다. 그래서 선택한 곳이 바로 학교 정문 오른편에 설치된 철봉 아래였다. 철봉은 모래 바닥 위에 높이를 다르게 3개가 있었고, 철봉 바로 앞에 학교 담벼락 쪽으로 일자로 된 의자가 있었다. 거기는 햇볕도 잘 들고 학교에 드나드는 아이들을 한눈에 볼 수 있어서 명당이었다. 오전반 아이들의 등교가 끝나야 오후반 아이들이 학교에 들어갈 수 있었다. 당번인 상급생들과 선생님은 학교 정문 앞에 지켜 서서 등교하는 아이들이 오전반인지 오후반인지 일일이 확인했다. 오후반 아이가 너무 일찍 학교에 오면 교문을 통과시키지 않고 내쫓았다. 왜 그랬을까? 아무리 생각해도 이유를 알 수 없다.

아무튼 나는 오전반 학생들의 등교가 끝나면 잠겨있는 교문 옆에 있는 쪽문 안쪽으로 손을 집어넣어 문고리를 풀고 학교 안으로 들어갔다. 가장 높은 철봉 앞에 있는 의자가 항상 내 자리였다. 동생들에게서 벗어나려고, 그 자리를 차지하려고 항상 필요하지도 않은 방법을 썼던 것이다. 일단 학교에 들어가도 오전반 아이들이 수업받는데 방해되지 않도록 조용히 있어야 했다. 가끔 오전반 아이들이 운동장으로 체육 수업을 하러 나오면 애써 맡아 놓은 자리를 비켜줘야 했다. 그런 날은 정말 재수 없는 날이라고 생각하며, 화장실 옆에 있는 구름사다리 쪽으로 자리를 옮겨야 했다. 화장실은 칸이 20여 개나 되는 재래식이었으니 철봉 밑에 있는 자리를 뺏기는 날이 재수 없는 날이 되는 건 당연했다.

하나둘 모인 오후반 아이들과 함께 큰 소리도 내지 못하고 모래 바닥에 앉아 모래성을 쌓거나 그림을 그리면서 시간을 보냈다. 철봉에 누가 오래 매달리는지 시합도 했지만 금세 싫증이 났다. 그런 시간이 길어지면서 아이들은 저마다 시간 보내는 방법을 발견했다. 누런색 종합장에 색연필로 그림을 그리는 아이도 있었고, 둘이 짝 지어 실뜨기하는 아이도 있었다. 손뼉을 마주치며 하는 '쎄쎄쎄'를 얼마나 많이 했는지 손놀림이 보이지 않을 정도의 경지에 오른 아이들도 있었다. 나는 주인집 아주머니가 빌려준 그림책을 읽는 게 가장 좋았다. 빌려온 책이기에 조심조심 다뤄야 했는데, 내가 그림 책을 꺼내면 주변에 있던 아이들이 자기들도 보겠다고 달려드는 바람에 곤란했던 경우도 많다. 아이들은 대부분 처음에는 호기심에 너도나도 달려들지만 이내 재미없다며 새로운 놀이를 찾아 자리를 옮겼다. 그때부터 나는 온전히 그림책을 차지할 수 있었다. 한 장 한 장 넘기며 책 속 이야기에 빠져들어 그림으로 표현되어 있지 않은 것까지 상상 속에서 만들어 냈다. 마치 내가 그림책 작가가 되기나 한 듯이.

한번은 담임 선생님이 빌려주신 ≪이솝 우화≫를 철봉 아래 모래

바닥에 앉아서 읽고 있었다. 오전반 수업이 거의 끝나갈 즈음 내 주변에는 오후반 아이들이 얼마 남지 않은 수업 시작을 기다리느라 소란스럽게 모여 있었다. 장난기 심한 남자아이들은 여자아이들 머리카락을 잡아당긴 후 도망가고 여자아이들은 도망가는 남자아이들을 잡으러 쫓아다니느라 시끄러웠다. 쫓고 쫓기는 실랑이를 하던 아이들이 내 앞에서 알짱대다가 모래에 발을 헛디디며 내가 있는 쪽으로 넘어졌다. 그 바람에 읽고 있던 책이 찢어졌다. 나는 너무 놀라고 화가 나서 넘어진 남자아이의 어깨와 등을 세게 때렸다. 그 아이는 갑자기 일어난 일에 당황하기도 하고 아프기도 했는지 울음을 터뜨렸다. 나 역시 속상하기도 하고 찢어진 책을 어떻게 해야 할지 걱정스러워 울기 시작했다.

두 아이가 큰 소리로 엉엉 울고 있으니 주변에 있던 아이들이 우리를 구경하러 모여들었다. 대부분 같은 또래기에 이 상황을 어떻게 해야 할지 몰라 웅성거렸다. 한번 터진 울음보는 쉽게 멈추지 않았고, 이제는 찢어진 책 때문이 아니라 가난한 우리 집 형편이 서러워서 울었다. 아빠가 사 주셨던 동화책을 외할머니 때문에 빼앗긴 것도 서럽고, 주인집 아주머니가 웃으며 빌려주셨지만 스스로 눈치 보며 받아야 하는 내 신세도 서러웠다. 또 찢어진 책값을 어떻게 물어 줘야 하는지도 걱정이었다. 웅성대던 아이들이 하나둘 흩어질 때 담임 선생님이 나타났다. 선생님은 아이들에게 상황 설명을 듣고 별일 아니라는 듯 우리에게 모래를 털고 교실로 들어가라고 하셨다. 그리고 찢어진 채 모래투성이인 책을 집어 들어 모래를 털어 내더니 들고 돌아섰다. 우리는 꽁지 빠진 수탉처럼 고개를 푹 숙이고 선생님 뒤를 졸졸 따라 교실로 향했다.

그날은 어떻게 수업 시간이 지나갔는지 기억나지 않는다. 며칠 후 선생님은 나에게 찢어진 ≪이솝 우화≫가 아닌 새로 산 ≪이솝 우화≫ 책을 선물이라며 주셨다. 내가 태어나 처음으로 받은 책 선물이었다. 잔 다르크가 그려진 빨간색 내 책가방 속에 그 책은 항상 들어 있었다.

4

쟤네 집은 부자라서 좋겠다

　내 친구 정국이는 짜장면집 딸이었다. 정국이 도시락에는 항상 맛있는 음식이 가득해서 아이들은 정국이와 함께 점심을 먹으려고 했다. 우리 여섯 명은 다른 아이들의 선망의 눈빛을 받으며 정국이와 함께 점심을 먹는 특권을 누렸다. 도시락 메뉴에 관해서는 정국이의 지시(?)에 따랐다. 주요리는 정국이가 담당했고 우리는 고추장이나 푸성귀 같은 것을 맡았다. 정국이는 나에게 커다란 양푼을 가져오라고 할 때가 많았다. 점심시간에 커다란 양푼에 각자 싸 온 도시락을 열어 밥을 쏟아부은 후, 정국이가 싸 온 비법이 가득 담긴 볶음 짜장을 넣어서 비비면 세상에서 가장 맛있는 짜장밥이 되는 거다. 때때로 비빔밥, 잡채밥으로 메뉴를 변경하기도 했다. 양푼을 가운데 놓고 둘러앉아 함께 밥을 떠먹었던 그 시절 친구들이 그립다.
　정국이네 가게는 단독주택 단지에 있었다. 집마다 아담한 텃밭을 갖추고 있는 비슷비슷한 집이 늘어서 있는 곳을 우리는 부자 동네라고 불렀다. 같은 동네이지만 내가 사는 집은 셋방살이하는 집이 다

닥다닥 붙어 있고 출입문 하나를 공동으로 사용하는 구조였지만, 단독주택 단지는 1가구 1주택이었던 셈이다. 정국이네 집은 텃밭도 다른 집보다 넓었고, 가게로 쓰는 집 바로 옆에 살림집이 따로 있었다. 1가구 2주택인 것이다. 정국이네 집에 놀러 가면 맛있는 음식도 많이 먹을 수 있었지만, 무엇보다 정국이 방이 따로 있었고 방에는 동화책이 많았다. 그게 너무 부러웠다. 부럽기만 한 게 아니고 샘이 나서 괜히 정국이가 얄미웠다. 이런 내 마음을 모르는 정국이는 가끔 자기 집에 가자며 나를 잡아끌었지만 어떤 날에는 신이 나서 함께 갔고, 어떤 날에는 괜히 짜증을 내서 정국이를 당황스럽게 만들었다.

'우리 아빠도 정국이네 아빠처럼 장사하면 좋겠다.'

'나도 내 방이 있었으면 좋겠다.'

'정국이 방에 가지런히 꽂혀있는 동화책이 우리 집에도 있다면 얼마나 좋을까?'

이런 생각이 들면 철없는 나는 가난한 우리 집이 싫었고, 능력 없는 부모님이 원망스러웠다.

정국이네 집에 가서 맛있는 짜장면도 먹고 정국이와 함께 정국이 방으로 갔다. 동화책은 그 자리에 그대로 있었다. 너무 얌전하고 깨끗하게 자리를 지키고 있는 동화책을 보며 정국이에게 물었다.

"야, 너 여기에 있는 책 다 읽었어?"

"책? 아니!"

"왜?"

"나 책 읽는 거 싫어해. 우리 아빠가 사다 놓은 거야."

"재미있지 않아?"

"책 읽는 게 뭐가 재밌냐? 나는 밖에서 노는 게 좋아."

내가 자기 집에 올 때마다 책에만 관심을 보이니까 정국이는 조심스럽게 나에게 말했다. 자기가 책을 빌려주고 싶지만 아빠가 아끼는 거라서 빌려줄 수가 없다고. 그러니까 자기 집에 자주 놀러 와서 여기에서 보고 가라고. 깨끗하게 읽으면 되니까 걱정 말라고. 정국이의 말을 듣고 그동안 괜히 심술을 부렸던 자신이 창피했다. 자존심 때문에 속 좁게 행동하면서 부자인 정국이를 미워하기도 했었는데. 그럼에도 정국이는 그런 내 행동을 넓은 마음으로 이해하고 있었던 것이다. 겨우 초등학교 6학년인 아이가.

여섯 명이 늘 몰려다녔는데 특히 정국이는 티 내지 않으면서도 다른 친구를 배려하는 아이였다. 부끄러움이 많은 문방구집 딸 영선이에게는 말할 기회를 만들어 주기도 하고, 공부 잘하는 경아에게는 숙제를 물어보면서 경아의 자존감을 세워주기도 했다. 비빔밥을 먹을 때마다 나에게 양푼을 가져오라고 했던 것도 도시락 반찬 준비하는 데 부담을 주지 않기 위한 거였다는 것을 나중에야 깨달았다. 질투심 때문에 정국이의 진면목을 보지 못하던 나는 이제야 정국이를 제대로 보기 시작했다.

"곳간에서 인심 난다"라는 속담처럼 경제적으로 여유가 있어야 남을 도울 수 있다고 생각했다. 그래서 항상 경제적으로 힘든 우리 집 형편에 불만이 많았고, 빨리 돈 벌어서 가난한 상황을 벗어나야 한다는 강박증 같은 걸 갖고 살았다. 곳간은 쌀자루를 쌓아 놓는 곳이지 그곳에 정신적 양식을 쌓을 수도 있다고 생각하지 못했던 것이다. 그래서 동화나 소설을 읽으면서도 이야기 자체의 재미만 생각하고, 내가 이야기 속 주인공이 되어 현실을 벗어나는 상상으로 위로를 받았다.

그날 이후로 정국이네 집에 수시로 갔다. 정국이와 함께 숙제하고, 함께 책을 읽었다. 함께 지내는 시간이 길어지면서 정국이는 책을 많이 읽는 아이였다는 것도 알게 되었다. 나는 꿈도 없고, 내가 잘하는 것이 무엇인지도 모르고 막연히 '부자'가 되고 싶었는데, 정국이는 '사회복지사'가 되고 싶다고 했다. 사회복지사가 되어 자기 동생처럼 몸이 불편한 사람을 도와주고 싶다고. 그제야 몸이 불편해 항상 정국이네 엄마가 데리고 다니는 정국이 동생이 떠올랐다.

친구 정국이를 통해 다른 사람을 겉모습만 보고 섣불리 판단하고 혼자만의 감정에 빠지는 것이 얼마나 어이없는 행동인지를 경험했다. 그래서 속마음을 보려고 노력한다. 결코 쉽지 않지만.

살아가면서 다른 사람을 부러워했던 적이 참 많다. 나보다 예뻐서, 나보다 공부를 잘해서, 나보다 돈이 많아서, 나보다 자격증을 많이 갖고 있어서, 나보다 좋은 차를 타고 다녀서……. 이 모든 게 쓸데없는 생각이라는 것을 이론적으로는 알지만 마음속 깊은 곳에서부터 몰아내기란 쉽다. 그럴 때마다 책 읽기를 좋아하지만 자존심 강한 나에게 자연스럽게 책 읽을 기회를 마련해 줬던 정국이를 떠올린다. 눈에 보이는 것이 아니라 보이지 않는 것에 마음을 두라는 충고와 함께.

5

막내야, 제발 아프지 마

　나는 1남 4녀 중 첫째다. 첫째인 나를 낳은 엄마는 시어머니께 딸 낳았다는 구박을 받고 그 설움을 아들을 낳아 만회하리라 마음먹고 아들 낳기를 소원했다. 하지만 딸만 셋을 내리 낳았고 먹고사는 것이 가장 큰 걱정인 엄마는 아들 낳기를 포기했다. 그러다가 안 되겠다 싶어 다시 아기를 가졌는데 네 번째 태어난 아이도 딸이었다. 서운한 마음에 엄마는 아기를 제대로 돌보지 않았다. 그러면서도 먹고 살기 바쁘다는 핑계를 대며 자신을 합리화했다.

　그렇게 태어난 막내 여동생은 나와 아홉 살 차이가 난다. 막내는 우리 집에서 가까운 곳에 사는 큰이모가 아침에 데리고 간 후 저녁까지 먹고 늦은 시간에 집으로 왔다. 때로는 큰이모네 집에서 며칠씩 자고 집에 오지 않을 때도 있었다. 나도 어린아이였고, 가난한 집안 형편 때문에 내가 하고 싶은 것도 할 수 없고, 나 역시 부모님께 보호를 제대로 받는 상태가 아니었기에 막내에 대해 애틋한 마음이 없었다. 오히려 큰이모가 살뜰하게 챙겨줘서 귀여움받으며 자라는 막내가 부럽기도 했다. 막내도 자기가 살길은 집이 아니라 큰이모품이라는 것을 본능적으로 아는지 큰이모에게 착 붙어서 앙증맞은 행동을 해 큰이모를 기쁘게 해드렸다.

그때 엄마는 작은 가게를 하나 얻어서 야채와 각종 물건을 파는 일을 했다. 새벽 3시에 가락동 농수산물 시장에 가서 산지에서 올라온 야채를 도매가격으로 사 온다. 용달차에 가득 물건을 싣고 집에 돌아오면 오전 8시 정도. 학교 갈 준비로 바쁜 나는 아침밥을 먹다가도 용달차에서 물건 내리는 일을 도와야 했다. 엄마 대신 우리 세 자매의 아침밥과 도시락을 챙겨주러 근처에 사는 외할머니가 오셨는데, 내가 엄마 일을 제대로 돕지 않으면 할머니는 걸걸한 입담으로 우리에게 욕을 했다. 날마다 새벽부터 셔터가 내려진 가게로 와서 가게 문을 열고 손녀들 밥 챙기는 외할머니였지만 나는 외할머니가 싫었다. 내가 더 어렸을 때 외할머니 때문에 빼앗긴 동화책 생각도 나고, 잔소리가 끊이지 않는 외할머니가 우리를 미워한다고 생각했기 때문이다. 특히 가장 듣기 싫은 말은 "지지배들"이라는 말이었다. 외할머니는 말끝마다 "지지배들 때문에"라고 하며 우리 세 자매에게 눈을 흘겼다. 엄마가 새벽부터 잠도 제대로 못 자면서 고생하는데 시어머니에게 대접받지 못하는 이유가 딸만 낳았기 때문이라는 것이었다. 외할머니를 싫어했으면서도 외할머니가 싸주신 도시락을 들고 학교에 가면서 내가 할 수 있는 최대의 반항은 부루퉁한 표정으로 인사하고 학교에 가는 것이 고작이었다.

하지만 막내는 달랐다. 막내 여동생 아래로 남동생이 태어났기 때문이다. 드디어 우리 집에서 기다리고 기다리던 아들이 태어난 것이다. 외할머니는 막내 여동생이 남동생을 봤다며 기특해했다. 우리 집에서 제대로 된 자식 노릇 한 사람은 막내딸이라며 한껏 추켜세웠다. 그래서일까? 막내 여동생은 고집도 세고, 자신만의 특권을 누렸다. 맛있는 소시지 반찬을 날마다 해 달라고 요구했고, 유치원에도 다니고 싶다고 했다. 우리 집 형편에 유치원이라니……. 나는 동네에 하나밖에 없는 유치원 문 앞에 서서 마당에 있는 흔들 그네를 부러운 눈빛으로 하염없이 쳐다보며 서 있었는데.

막내 여동생은 엄마를 졸라 기어이 유치원에 입학했다. 한 달쯤 유치원에 다니던 동생은 힘들다며 유치원에서 돌아오면 내내 누워 있기만 했다. 힘없이 축 늘어져 있는 동생이 걱정되기는 했지만, 그때 나는 사춘기였기에 내 고민만 중요했다. 그러던 어느 날 동생은 유치원에 못 갈 정도로 건강이 나빠졌다. 다리에 좁쌀 크기의 반점이 가득하더니 점점 온몸으로 퍼졌다. 동네 병원에서부터 시작해 대학 병원까지 다녔지만, 동생의 병명을 정확하게 진단해 주는 곳이 없었다. 신장에 문제가 생긴 것이기는 하지만 정확한 진단은 내릴 수 없다는 것이었다. 병원에서는 오히려 아이를 연구 대상으로 생각해서 수많은 의사가 병실에 들락거리며 아이와 엄마를 귀찮게 했다. 한 대학 병원에서는 엄마에게 아이의 시간이 얼마 남지 않았으니 후회되지 않도록 아이가 원하는 것이 있으면 모두 해 주라는 처방을 내렸다. 겨우 일곱 살인 아이에게 시한부 선고를 내린 것이다. 병원에서 치료할 방법이 없다는 말에 집으로 돌아온 엄마는 모든 일을 팽개치고 막내 여동생을 치료해 줄 방법을 찾는 데에만 골몰했다. 막내 여동생이 태어났을 때, 딸이라서 서운한 마음에 제대로 보살펴 주지 않았던 지난 시간을 후회하며 날마다 눈물로 보냈다.

주변에서 말하는 민간요법은 모두 했다. 가시 선인장으로 식혜를 만들어 물 대신 먹게 하고, 신장에 문제가 생긴 것이기에 모든 음식에서 소금은 사용 금지했다. 아이가 조금만 움직여도 온몸이 퉁퉁 붓고 열이 오르기에 아이는 하루 24시간을 누워서 지내야 했다. 가게 한쪽에 마련된 작은 공간에 온종일 누워서 가게에 오는 손님을 쳐다보는 게 일과였다. 희망이 보이지 않는 상황에서 지낸다는 건 정말 끔찍한 현실이다. 집 분위기는 그야말로 암흑 같았다. 아픈 동생, 힘들어 지친 부모님, 늘어 가는 병원비, 신세 한탄하며 눈물을 쏟아내는 외할머니…… 내가 할 수 있는 일은 아무것도 없었다. 오로지 그런 상황을 거부하는 것밖에는.

학교에서 돌아오면 가게에 들러 내가 돌아왔음을 알리고 조금 떨어진 곳에 있는 집으로 갔다. 연립주택 3층에 세 자매가 잠자고 공부하는 방이 있었다. 얼른 집으로 가서 내 방으로 들어가면 내 세상이었다. 방에서 나만의 세상을 만들었다. '하이틴 로맨스'라는 종류의 문고판 책이 유행하던 때였기에 그 책에 빠져들었다. 책을 읽고 있으면 내가 멋지고 아슬아슬한 로맨스를 엮어 나가는 주인공이 된 듯한 기분에 우울한 현실을 잊을 수 있었다. 물론 책장을 덮고 나면 허무함과 우울함이 다시 밀려왔지만. 고등학교 진학을 앞두고 있는 중3이라서 내 진로에 대해 혼자 고민했다. 아픈 동생 때문에 살아있어도 살아있지 않은 사람처럼 지내는 부모님과 내 진로에 대해 의논할 수도 없었다. 그렇게 혼자 모든 문제를 해결해야 한다는 책임감으로 나 자신을 짓눌렀다. '직업'에 대해 설명하는 책을 도서관에서 빌려다 읽기도 했지만 나 자신에 대해 제대로 알지 못하는 나에게는 별로 도움이 되지 않았다.

하늘이 엄마의 정성에 감동해서인지 동생에게 치료의 기회가 생겼다. 응암동에 있는 한 외국 선교회에서 운영하는 병원에서 아이가 입원할 수 있도록 해 주셨다. 그곳에서 함께 운영하는 보육원에 기부금을 내는 조건으로. 치료라는 것이 누워 있기와 외국에서 가져온 신장 치료제 알약 몇 개를 먹는 게 전부였지만 아이는 그곳을 아주

편안해했다. 막내 여동생은 거기에서 외할머니와 함께 1년 정도를 지냈다. 상태가 많이 좋아져서 퇴원했지만, 아직 일상생활을 하기는 무리였다. 학교에 다니면서도 체육 시간에는 늘 교실에 남아 있어야 했다. 초등학교 6학년 때까지 친구들과 체육 수업을 하는 게 꿈이었던 아이는 지금 건강한 모습으로 결혼해 아들 둘 낳고 살고 있다. 우리 가족에게 일어난 첫 번째 기적이다. 지금까지도 막내의 정확한 병명과 치료 방법은 알 수 없다.

6

자기 이름도 못 쓰지만

우리 엄마는 글을 읽을 줄 모르는 문맹이다. 나의 첫 번째 책 ≪책과 우리 아이 절친 맺기≫에서 엄마가 글을 배우게 된 과정을 짤막하게 이야기했다. 엄마는 너무 가난한 집안 형편에다가 일찍 돌아가신 할아버지, 가지고 놀던 총알이 터져 아들이 중상을 입는 바람에 미국으로 떠난 할머니…… 이런 여러 가지 상황으로 학교에는 입학도 못 했다. 이집 저집 식모살이를 하며 살다가 우리 아빠를 만나 결혼했다. 가난한 남녀가 만나 시작한 살림은 쉽게 나아지지 않았고, 어떤 일이든지 가리지 않고 닥치는 대로 몸이 부서지도록 일하며 우리 오 남매를 키웠다.

내가 철이 없던 시절에는 글을 모르는 엄마가 창피하기만 했다. 학교에서 가정환경 조사서라는 것을 작성하는데 항목 중에 부모님의 학력을 쓰는 칸이 있었다. 아빠는 고졸, 엄마는 국졸이라고 쓰면서 혹시 거짓말한 것을 들킬까 봐 조마조마하던 기억이 난다. 엄마는 타일 공장, 정미소, 종이 공장, 청소 등 여러 일을 했다. 그러다가 내가 중학 3학년 때부터 작은 가게를 얻어서 야채와 각종 물건을 팔았다. 그 건물은 주상복합으로 1층에는 3개의 점포가 있고 2층은 건물주의 살림집이었다. 건물 주인은 약사였는데 엄마가 하는 가게 옆에서 약국을 운영하고 있었다. 엄마와 비슷한 연배의 아주머니는 두꺼운 안경을 쓰고 하얀 약사 가운을 입고 가게를 지켰다.

가끔 약국에 들어가거나 밖에서 유리문을 통해 쳐다보면 약사님은 항상 책을 읽고 있었다. 약을 사러 온 손님이 없을 때면 의자에 앉아 책에 집중하고 있는 모습이 내 눈에는 너무 멋있고 고상하게 보였다. 내가 자기를 부러워하는 것을 아는지 약사님은 내가 밖에서 왔다 갔다 하고 있으면 나를 약국 안으로 불렀다. 학교생활에 대해 이런저런 질문을 하고 나보다 두 살 어린 자기 딸이 얼마나 공부를 잘하는지에 대해 나에게 자랑을 했다. 환상이 깨지는 순간이었다.

어색하고 지루한 시간을 보내고 약국 밖으로 나오면 내 마음은 여러 가지 감정으로 복잡했다. '내가 공부 열심히 해서 약사님 딸보다 출세해야겠다'라는 다짐과 '책만 열심히 읽으면 뭐하나, 문맹인 우리 엄마보다 수준 낮은 인격을 가지고 있는데'라는 섣부른 판단, '역시 돈이 최고구나'라는 생각 등. 약사님이 고상하게 책을 읽으며 가끔 오는 손님들에게 고압적인 말투로 약을 팔 때, 바로 옆에서 우리 엄마는 시금치, 배추 등 물건을 하나라도 더 팔기 위해 손님들에게 최대한 낮은 자세로 굽실거렸다. 사람들과 스스럼없이 이야기하고 상대방의 이야기를 잘 들어주는 친절하고 상냥한 엄마를 사람들은 좋아했다.

학교에서 돌아오면 내가 해야 하는 첫 번째 일은 외상 장부를 정리하는 것이다. 엄마는 내가 학교에 가 있는 동안 물건을 외상으로 가져간 사람들의 내역을 모두 기억하고 있다가 내가 돌아오면 장부 책을 들고 기억을 하나하나 꺼내기 시작한다. 단골손님 몇몇은 외상으로 한 달간 물건을 가져간 후 월급을 받으면 외상값을 갚고 다시 한 달 동안 외상으로 물건을 가져가는 식이었다. 글을 읽고 쓸 줄 모르는 엄마는 그 외상 거래를 모두 기억하고 있다가 내가 학교에서 돌아오면 외상 장부에 그 내역을 적게 하는 것이었다. 그렇게 많은 내용을 정확하게 기억하고 있는 엄마가 너무 대단했다.

"엄마, 이런 걸 어떻게 다 기억해?"

"먹고살려면 다 해야지!"

"그래도 안 헷갈려?"

"가만있어 보자…… 그래, ○○이네 두부 가져간 거 빠졌다."

"또 뭐 빠진 거 없나 잘 생각해 보세요."

"오늘은 됐어. 이따가 밤에 한 번 더 쓸 거니까 혹시 빠진 거 있으면 그때 쓰면 돼."

한번은 외상 손님 중에 엄마가 문맹이라는 것을 눈치챈 사람이 맞장부를 속여서 작성해 가지고 와서 엄마에게 따졌다. 그 손님은 조그만 식당을 운영하는 아주머니였다. 내가 그 식당에 물건을 배달하러 자주 갔는데 그때마다 아주머니는 나를 칭찬하면서 은근히 우리 엄마를 무시하는 말을 여러 번 했었다. 그래서 나는 그 아주머니를 별로 안 좋아했다. 동시에 글도 읽을 줄 모르는 엄마가 너무 창피하고 속상했다. 그런데 그 아주머니가 외상값을 갚으러 와서는 엄마에게 따지는 것이었다. 엄마는 분명히 아니라고 하고, 상대방은 엄마가 물건을 더 많이 가져간 거로 외상 장부에 썼다고 하면서 엄마를 몰아붙였다.

학교에서 돌아와 엄마와 식당 아주머니가 다투는 것을 본 나는 그동안 아주머니에게 느꼈던 분노가 살아났다. 나는 아주머니가 들고 온 장부를 보여 달라고 했다. 그리고 내가 쓴 장부와 하나하나 대조해가며 어느 부분이 잘못되었는지 말씀하시라고 했다. 장부를 하나하나 대조해 보니 아주머니가 쓴 장부에 잘못된 부분이 많았다. 물건을 가져가지 않은 날에도 아주머니 장부에는 외상값이 적혀 있었다. 나는 그런 부분을 다 찾아서 아주머니께 설명을 요구했다. 아주머니는 당황해서 금세 기가 꺾였다. 그리고 "착각했었나 봐"라는 말로 대충 사건을 마무리 지었다.

한바탕 소란이 일어나고 식당 아주머니가 돌아간 후에 엄마는 화가 나서 한동안 마음을 추슬러야 했다. 그러더니 결국 눈물을 보였다. 평소에 그렇게 강한 엄마가 눈물을 보이다니……. 엄마도 자신이 글을 읽고 쓸 줄 모른다는 사실이 창피하고 속상했겠지. 남들처럼 어릴 때 평범하게 학교에 다니고 공부하고 싶었겠지. 자신이 공부하지 못한 것에 한이 맺혀서 자식들만큼은 공부시키고 싶어서 그렇게 열심히 일하면서 살고 있는데. 사람들에게 무시당하고, 자식 앞에서 창피한 모습을 보인 게 서글퍼서 엄마는 울고 있었다.

저녁에 엄마에게 글자 쓰는 법을 가르쳐드렸다. 먼저 엄마 이름 세 글자 '김영희'를 종이에 써서 따라 쓰게 했다. 엄마는 마냥 신기해하면서 열심히 연습했다. 하지만 새벽부터 가락시장에 가서 물건을 가져오고 저녁 시간까지 잠시도 쉬는 시간 없이 일한 엄마는 어느새 꾸벅꾸벅 졸기 시작했다. 배우겠다는 의욕이 피곤한 몸을 이기지 못하는 순간이었다. 몇 시간 뒤에 캄캄한 새벽어둠 속으로 들어가 치열한 삶을 또다시 시작해야 하는 엄마의 잠든 모습이 너무 힘겨워 보였다.

엄마는 오 남매 다 키워 놓고 한글 공부를 시작해 지금은 초등학교 검정고시를 준비하고 있다. 글자를 읽을 줄 알게 되니 세상이 달라 보인다고 하시는 엄마. 엄마의 도전에 응원을 보낸다. 엄마 사랑해요.

7
선생님의 사랑

　내가 가장 부러워하는 재주는 '그림 그리기'다. 나는 그림을 못 그린다. 학창 시절 내내 미술 시간이 가장 싫었다. 초등학교 때는 미술 시간에 보고 그릴 소재를 찾는다면서 동화책만 뒤적이다 선생님께 여러 번 야단을 맞았다. 중고등학교 때는 미술 시간만 되면 주번에게 통사정해 친구들은 미술실로 가고 나는 교실을 지켰다. 미술 때문에 학교에 가기 싫은 날도 있었다.

　고등학교 1학년 때 새로 오신 미술 선생님이 이사장의 딸이라는 소문이 파다했다. 나처럼 미술을 싫어하는 친구는 혼자 교실에 남는 황금 기회를 나에게 쉽게 양보하지 않았다. 그래서 할 수 없이 미술실로 수업을 들으러 갔다. 그날 미술 수업은 그리기가 아니라 만들기 수업이었다. 꽤 고가의 준비물이 필요한 수업이었다. 전날 저녁, 엄마에게 미술 준비물 사야 한다고 돈을 달라고 했는데 그날따라 엄마 기분이 별로 안 좋았다. 엄마는 왜 그렇게 비싼 재료가 필요하냐고 재차 묻고 돈을 주셨다. 나는 엄마에게 미안하기도 하고, 비싼 준비물을 가져오라고 한 미술 선생님이 원망스러웠다. 다음 날 미술 시간, 선생님은 잠깐 설명하고는 우리에게 각자 알아서 하라고 한 후 팔짱을 낀 채 창밖을 바라보기만 했다. 한 시간 내내 조금 우울한 표정으로 창밖을 바라보고 있는 선생님을 보면서 우리를 가르치는 걸 별로 흥미 없어 한다는 생각이 들었다. 다음 미술 시간에도 역시 준비물이 필요했고 미술 선생님은 창밖을 하염없이 바라봤다.

　그런 수업이 몇 차례 반복되었다. 그날도 선생님은 똑같은 자리에서 창밖을 바라보고 있었다. 그렇게 수업이 끝나갈 즈음, 나는 참지 못하고 손을 번쩍 들고 선생님을 불렀다. 깜짝 놀란 선생님을 향해 나는 버릇없이 내가 하고 싶은 말을 다 했다. 왜 우리에게 날마다 비싼 준비물을 사 오라고 하느냐? 우리 집은 가난해서 미술 준비물 사는 게 부담이다. 그리고 준비물을 가지고 왔는데 왜 선생님은 수업을 안 하고 맨날 창밖만 바라보고 서 있느냐? 우리를 가르치는 게 그렇게 싫으냐? 등등. 아이들도 나와 같은 불만을 품고 있었지만 표현하지는 못하던 상황이었다. 나는 그런 아이들이 비겁하다고 생각했고 준비물 때문에 엄마에게 미안하고 나 스스로 초라한 감정을 매번 느껴야 하는 현실이 싫었다.

　갑작스러운 내 행동에 미술 선생님은 굉장히 당황했다. 뭐라 적당한 대답도 하지 않은 채 수업 끝나는 종소리가 울리자마자 급하게 미술실을 나갔다. 같은 반 아이들은 이런 상황을 어찌해야 할지 몰라 허둥대며 교실로 돌아가기 위해 하나둘 자리에서 일어났다. 교실로 돌아와 다음 수업이 시작되었지만 나는 고개를 들 수가 없었다. 내가 한 말은 정당하지만 표현 방법이 올바르지 않다는 생각에 마음이 괴로웠다. 발 없는 말이 천 리 간다는 속담처럼 내가 미술 선생님께 대들었다는 소문은 금세 다른 반에도 퍼졌다. 소문을 들은 아이들은 호기심으로 쉬는 시간에 나를 보려고 우리 교실 앞에 와서 창밖에서 힐끔거렸다. 몇몇은 친구를 보러 왔다는 핑계로 우리 반 교실에 들어와서는 의미심장한 눈빛으로 나를 쳐다봤다. 그런 아이들의 눈빛을 모두 받아낼 자신이 없는 나는 그저 애꿎은 교과서만 뚫어져라 쳐다보고 있었다. 쉬는 시간 10분이 어찌나 길게 느껴지던지……. 종례 시간이 다가올수록 담임 선생님께 야단맞을 생각에 가슴이 콩닥콩닥 뛰었다.

모든 수업이 다 끝나고 종례 시간이었다. 담임 선생님은 미술 시간에 있었던 일에 대해 특별한 말씀을 하지 않았다. 평소와 같이 간단한 전달 사항만 이야기하고 끝냈다. 아이들이 학원으로, 학교 앞 분식집으로, 집으로 저마다 다음 행선지를 향해 모두 떠나고 나만 혼자 남았다. 나는 교무실로 담임 선생님을 찾아갔다. 내가 들어가자 선생님은 기다리고 있었다는 듯 차분한 목소리로 나를 맞아 주셨다. 미술 선생님께 사과드리고 싶겠지만 미술 선생님은 지금 자리에 안 계신다고 하면서 나와 함께 교실로 가자고 하셨다.

담임 선생님과 교실로 돌아와 많은 이야기를 나눴다. 내가 가정 형편 때문에 원하지 않는 상업고등학교에 진학했다는 사실, 미술 선생님은 이사장 딸이라서 가난한 사람들을 이해하지 못하는지 매번 비싼 준비물을 사 오라고 해서 너무 부담되고 속상했던 마음, 아픈 막냇동생 때문에 우울한 집안 분위기 등 내 마음속 비밀을 선생님께 털어놨다. 선생님은 간간히 고개를 끄덕이며 내 이야기를 잘 들어주셨다. 그리고 선생님도 자신이 겪은 몇 가지 어려움을 들려주시면서 나를 위로해 주셨다. 선생님은 나에게 세상이 얼마나 넓은지, 대학에 갈 수 있는 길이 얼마나 다양한지, 꿈을 갖는 게 왜 중요한지 등등 내가 생각해 보지 못했던 것에 대해 많은 이야기를 해 주셨다.

동시에 '하이틴 로맨스' 같은 책 말고 좋은 책을 읽으라고 충고하셨다. '앗, 내가 하이틴 로맨스에 빠져 있는 걸 어떻게 아셨지?' 그때 나는 하이틴 로맨스와 만화에 빠져 있었다.

선생님과 이야기를 나누고 집으로 돌아가는 발걸음이 가벼웠다. 그날 이후로 나는 첫 번째로 학교 공부에 충실하기로 마음먹었다. 지금 충실하게 하지 않으면 다음에 기회가 왔을 때 잡을 수 없다는 생각으로 관심을 갖지 않았던 상업영어, 무역, 회계 같은 과목도 열심히 공부했다. 여전히 '하이틴 로맨스'를 즐겨 읽었지만, 그것을 읽는 시간이 아깝다는 생각이 들었다. 내가 책을 읽는 이유가 과연 무엇인가 생각해 보니 '현실도피'라는 것을 인정해야 했다. 재미있고 환상적인 사랑 이야기를 읽고 있으면 마치 내가 주인공이 된 것 같은 생각에 복잡하고 구질구질한 현실을 잊을 수 있기 때문이었다.

그날 이후로 선생님은 문득문득 나에게 "요즘 무슨 책 읽고 있니?"라고 물으셨다. 미술 선생님께는 그렇게 당돌하게 말하던 나는 담임 선생님 앞에서는 제대로 대답도 못 하고 그저 배시시 웃기만 했다. 그런 나를 보고 선생님은 등을 한번 쓰다듬어 주시고는 웃으며 지나가셨다. 선생님 덕분에 나는 꿈을 갖게 되었고, 좋은 책 선정에 눈을 뜨게 됐다. 도서관에서 세계문학을 하나씩 읽기 시작했고, 어려워서 이해가 안 되는 부분도 있지만 읽다 보니 조금씩 재미를 느꼈다. 무엇보다 꿈과 목표가 생겨서인지 내 표정이 밝아졌다는 이야기를 친구들에게서 듣기 시작했다. 이 세상에서 나 혼자 모든 고민을 짊어지고 있는 듯 우울하고 인상을 쓰고 다니던 내가 낙엽 구르는 것만 보고도 웃는다는 여고생의 발랄하고 유쾌한 모습을 보이기 시작한 것이다.

미술 선생님은 그 사건 이후로 결국 학교를 떠났다.

8

노년기에 시작된 아버지의 읽기 중독

아버지는 황해도 해주의 천주교를 믿는 집안에서 태어났다. 10남 1녀 중 셋째 아들이다. 아버지가 아주 어린 시절, 북한에서는 6.25전쟁이 일어나기 전부터 종교 탄압이 있었다. 천주교를 믿는 사람들은 하나둘씩 잡혀갔고 위기감을 느낀 할머니 할아버지는 종교 박해를 피해 방에다 촛불을 켜 놓은 채 밤에 몰래 남쪽으로 내려와 강원도 횡성 산골에 자리 잡았다. 그곳에는 천주교를 믿는 교인들이 많이 살았는데 대부분 옹기를 구워서 장에 내다 팔면서 신앙생활을 했다. 아버지도 자연스럽게 천주교를 믿는 동네 분위기에서 자랐고, 첫째 형님이 만든 옹기를 지게에 지고 가서 장에 내다 파는 일을 담당했다. 하지만 너무 많은 식구와 옹기를 굽고 파는 것만으로는 입에 풀칠하기도 어려웠기에 장성하여 우리 엄마랑 결혼한 후 무작정 서울로 올라왔다.

서울에 올라온 아버지는 여기저기 일자리를 전전했지만 특별한 재능도 기술도 없는 아버지가 할 수 있는 일은 많지 않았다. 서울로 일자리를 찾아 올라왔지만 일자리를 구하지 못해 다시 시골에 가서 숯 굽는 곳과 공사장에서 몇 달씩 일하기도 했다. 그래서 나는 초등학교 저학년 시기 아버지에 대한 기억이 별로 없다. 몇 달간 집을 떠나 먼 곳에서 일하는 아버지가 하룻밤 집에 왔다가 다시 일터로 돌아가는 일을 몇 차례 반복하는 동안 1~2년의 시간이 훌쩍 지나갔기 때문이다. 그럭저럭 공사장을 따라다니며 일하던 아버지는 더 이상 가족들과 떨어져 떠돌이 생활을 할 수 없었고 다행히 서울에서 직장을 구할 수 있었다. 우리나라에서 반도체 칩을 만드는 한국 시그네틱스라는 외국 회사에 취직한 것이다. 회사에서 청소할 직원 2명을 뽑는데 80명이 지원을 해서 시험을 치렀다고 하니 요즘 젊은 이들이 느끼는 취업 대란과 별로 다르지 않았던 듯하다.

어떻게 그렇게 치열한 경쟁력을 뚫고 취업할 수 있었느냐는 내 질문에 아버지는 껄껄 웃으며 "그야 내가 글씨도 잘 쓰고 인물이 좋으니까 뽑힌 거지"라고 말씀하셔서 한바탕 웃었다. 아버지의 글씨체는 정말 멋지다. 초등학교 중학교 시절 학교에 가서 공부하는 것이 싫어 집부터 학교까지 4km를 걸어가는 중간에 나무 그늘에 앉아 도시락 까먹고 놀다가 집에 돌아온 적이 더 많았다는 아버지. 고등학교에 진학했지만 수업료를 못 내서 결국 학교를 그만두었다는 아버지. 군대에서도 멋진 글씨체 덕분에 행정병으로 근무했다고 늘 자랑하시는 아버지. 아버지는 낙서하는 것을 좋아해서 늘 여기저기에 뭔가를 써 놓았다. 아버지가 책을 읽는 모습을 본 기억은 없지만 신문 귀퉁이, 내 교과서 빈 공간, 내가 다 쓰지 않고 남겨 놓은 공책 여백에 항상 뭔가를 쓰고 계시던 모습은 생생하다.

아버지가 써 놓은 메모가 가득한 다이어리가 지금도 꽤 많다. 거기에는 가족, 친지들의 전화번호, 아버지의 일과, 가족들의 크고 작은 행사 일정, 뉴스나 드라마 내용 요약 등 온갖 내용이 다 있다. 아버지의 메모를 보고 그것이 무슨 내용인지 물어보면 신기하게도 몇 글자 안 되는 메모만으로 몇 시간씩 이야기보따리를 풀어내신다.

한국 시그네틱스에서 아버지는 25년을 근무했다. 커다란 공장 내부를 돌며 작업하면서 발생한 쓰레기를 치우는 잡부로 시작한 일이지만 회사에서 구조조정의 위기가 몇 번 있었을 때도 아버지 특유의 성실함 덕분에 무사히 지나갔다. 그 회사는 3교대 근무였는데 야간 근무를 하면 야간 수당을 더 받을 수 있었다. 아버지는 조금이라도 더 돈을 벌어야 했기에 늘 야간 근무조에서 일했고, 주말에도 쉬지 않고 일해서 동료들보다 제법 많은 월급을 받았다. 어떤 해에는 1년 365일 중 일하지 않고 쉬었던 때가 불과 일주일밖에 안 되었던 적도 있었다. 밤 10시부터 다음 날 오전 6시까지 일하고 집으로 돌아온 아버지는 잠깐 눈 붙인 후 우리 세 자매가 학교에서 돌아오면 우리와 함께 놀았다. 나에게 자전거 타는 법을 가르쳐 준 것도 아버지고, 학교 미술 숙제 때문에 고민하고 있을 때 나 대신 그림 숙제를 해 주신 분도 아버지다. 그 그림이 초등학생이 그렸다고는 할 수 없는, 상투 틀고 한복 입은 사람들이 태극기를 손에 들고 대한독립 만세를 부르는 그림이긴 했지만……

지금까지 살면서 아버지께 야단맞거나 큰 소리를 들은 기억이 한 번도 없다. 나뿐만 아니라 우리 오 남매 모두. 지금은 일곱 명이나 되는 손자 손녀들까지도. 아버지는 항상 웃는 표정이었고, 우리 머리를 쓰다듬으며 "아이고, 예쁜 우리 ○○이"라고 하셨다. 엄마는 우리를 야단치고 때리기도 했고 엄마께 혼나고 쫓겨난 적도 있었지만 우리가 쫓겨난 날에는 아버지가 빨리 오시기만을 기다렸다. 아버지 뒤를 따라 집으로 들어가면 더 이상 엄마의 꾸지람은 계속되지 않았다. 월

급날이면 아버지는 어김없이 통닭을 사 오셨다. 아버지가 사 온 통닭에서 나던 고소한 냄새는 지금까지 먹어 본 그 어떤 치킨도 대신할 수 없다. 한 달에 한 번 온 가족이 행복하게 포식하는 날이었다.

아버지 본인은 공부하는 것도 싫어하고 책도 읽지 않았지만, 우리가 책 읽는 모습을 특히 좋아하셨다. 내가 책을 읽고 있으면 내 머리를 쓰다듬으며 마냥 흐뭇한 표정으로 환하게 웃으시던 우리 아버지. 아버지가 정년퇴직한 후 새로 찾은 일은 아파트 경비였다. 24시간 근무하고 24시간을 쉬는 형태로 근무했는데 근무하는 날이면 밤새 시간이 너무 지루했다. 그때는 지금보다 경비원들의 근무 여건이 좋지 않았고 밤에도 잠을 자면 안 되고 초소에서 오고 가는 사람들을 살펴야 했다. 또 수시로 순찰을 하며 주변을 살펴야 했다.

그때부터 아버지는 지루한 시간을 보내기 위해 책을 읽기 시작했다. 아버지가 제일 먼저 읽기 시작한 것은 성서다. 신앙 때문에 북한에서 밤에 몰래 남한으로 내려온 집안에서 자랐다고는 하지만 아버지는 그때까지 성서를 한 번도 읽지 않았다. 그저 귀동냥으로 듣고 외운 교리문답과 주일에 성당에 가서 듣는 성서 말씀이 전부였다. 어릴 때부터 예순이 넘을 때까지 독서라는 것을 제대로 한 적이 없는 아버지가 성서를 읽기 시작하면서 달라졌다. 평생 자신이 하고 싶은 일이 아닌, 살아야 했기에 무조건 일만 하면서 살았던 지난 시간이 너무 안타깝다고 했다. 좀 더 일찍 독서의 의미를 알았다면 그래서 독서를 많이 했다면 지금까지와는 조금 다른 인생을 살 수 있지 않았을까 하는 생각이 든다는 것이다. 그러면서도 아버지 특유의 낙천적인 성격으로 그래도 지금이라도 이렇게 책을 읽을 수 있는 게 얼마나 다행이냐며 허허 웃으신다.

지금 아버지는 팔십 연세에 하루의 절반 이상을 독서하는 데 할

애한다. 성서 읽고, 신문 읽고, 종교 잡지 읽으면서 여전히 읽은 내용을 다이어리에 메모한다. 두꺼운 신·구약 성서를 이미 3번 이상 읽었고, 독서가 직업인 나보다도 더 독서를 많이 하신다. 노년기에 시작한 독서 여정이 행복하고 평온한 시간을 보내는 방법이라고 힘주어 말씀하시는 아버지. 오래도록 아버지의 책장 넘기는 소리를 듣고 싶다.

제2장

세상에 죽으란 법은 없다

살아가면서 누구나 어려운 시기를 한 번쯤은 겪는다. 그 어려움의 정도가 사람마다 다를 수 있고, 개인의 성격에 따라 다르겠지만, 내 손톱 밑의 가시가 제일 아프다는 속담처럼 자기가 겪고 있는 일이 가장 힘들게 느껴지는 게 인지상정이다. 고통 속에 있을 때는 앞이 캄캄하고 어떻게 이 시기를 헤쳐나갈 수 있을지 막막하지만, 시간이 지나고 뒤돌아보면 나름대로 의미 있는 시간이었고 견딜 만했다고 생각하게 된다. 그래서 어른들이 시간이 약이라고 말씀하시나 보다.

50년 이상을 사는 동안 여러 번 어려움을 겪었다. 매번 모습을 달리하는 어려움 앞에서 절망하기도 하고, 너무 힘들다고 하소연했다. 두 번 다시 어려움을 겪고 싶지 않다는 것은 너무 지나친 욕심이기에 다음에 겪게 되는 어려움 앞에서는 의연하게 대처할 수 있는 굳센 마음을 달라고 기도했다. 기도의 효과인지 세월의 흔적인지 이제는 어려움이 생기면 조금 여유를 가지고 바라보고 기다릴 수 있는 내공이 쌓였다. 내가 겪는 어려움뿐 아니라 다른 사람들이 겪고 있는 어려움에 대해서도 감 놔라, 배 놔라 하며 훈수를 들고 있다. 물론 안타까운 마음, 도와주고 싶은 마음으로 하는 것이지만 때때로 주인이 바뀐 것은 아닌지 의구심이 들 정도로 다른 사람의 일에 깊이 참견할 때도 있는걸 보니 나이 들어가는 표시인가 보다.

1

춘천에서 버려진 아이

　우리 아빠는 형제자매끼리 축구팀을 결성할 수 있다. 할머니, 할아버지의 부부 금실이 좋았던 건지, 천주교 집안에서 생명에 대한 소중함을 알기에 하느님이 주시는 대로 아이를 낳아서 그런 것인지는 알 수 없지만 10남 1녀. 아빠는 셋째 아들이다. 아빠가 일찍부터 고생하고, 서울에 와서 온갖 허드렛일을 하며 우리를 키운 것은 내가 어릴 때부터 듣고 본 사실이다. 아빠 바로 아래 동생은 아빠와 두 살 터울이다. 우리는 작은아버지가 너무 많아서 몇째 작은아버지인지 헷갈리는 경우가 많았고, 대부분 이름에 작은아버지라는 호칭을 붙여서 불렀다. 넷째는 태진이 작은아버지다. 태진이 작은아버지는 아빠보다 일찍 서울에 와서 택시 운전을 시작했다. 어릴 때부터 총명했고, 눈치가 빠른 데다 처세에 능했다고 한다. 일찍부터 시작한 전문직 덕분에 태진이 작은아버지는 경제적으로 우리 집보다 넉넉한 형편이었다.

　내가 다섯 살 때 서울로 이사 온 후 나는 일하러 간 부모님 대신 어린 동생 두 명과 함께 온종일 집에서 지내며 특별히 놀러 갈 곳도 없고, 놀러 가 본 적도 없었다. 학교에 들어간 후 친구들이 방학 때 친척 집에 갔다 왔다거나 친척 집을 방문할 계획이라고 하면 너무 부러웠다. 태진이 작은아버지는 우리 집에서 가까운 곳에 살다가 내가 초등학교 2학년 때 춘천으로 온 가족이 이사를 갔다. 나는 방학 때 태진이 작은아버지네 집에 가게 해 달라고 엄마를 졸랐다. 하지만 엄마는 묵묵부답이었다. 겨울 방학이 시작된 지 얼마 안 지났을 때 태진이 작은아버지가 작은어머니와 함께 우리 집에 왔다. 사촌 동생들은 서울에서 지낼 때보다 춘천에서 지내는 것이 더 좋다며 내 앞에서 자랑을 했다. 나는 기회는 이때다 싶어서 엄마를 졸라댔다. 내가 하도 끈질기게 엄마를 졸라대고, 엄마는 이러지도 저러지도 못하고 있으니까 태진이 작은아버지가 나를 며칠 데리고 가겠다고 나섰다.

　나는 신이 나서 몇 가지 옷을 챙겨 태진이 작은아버지 택시를 타고 춘천으로 향했다. 내가 기억하는 한 첫 번째 여행이었다. 작은집 네 식구와 나까지 다섯 명이 택시 타고 가는 길이 얼마나 흥분되었는지……. 한껏 들떠 있는 나와는 달리 작은엄마는 말투가 신경질적으로 변했다. 분명히 엄마 앞에서 이야기할 때는 말투가 저렇지 않았는데. 조금 어색하기는 했지만 친구들처럼 나도 방학 때 친척 집에 다녀온다는 사실에 마음이 들떠서 다른 생각은 안 들었다. 나보다 어린 사촌들과 몇 마디 주고받으며 창문 밖으로 휙휙 지나가는 도시를 바라보다 멀미 때문에 까무룩 잠이 들었다. 얼마나 지났는지 도착했다는 소리를 듣고 차에서 내렸다. 작은아버지 집은 서울에서 살 때보다 조금 큰 슬레이트 지붕 집이었다. 다음 날 작은아버지는 시장 구경을 가자고 했다. 시장 입구에서부터 양옆으로 길게 늘어선 점포에서는 김이 모락모락 나는 각종 음식을 팔고 있었다. 시장은 사람들로 북적북적했고 시장 끝자락에 가니 위쪽에는 다리가 놓여 있었다. 다리에서 시장 반대쪽을 바라보니 천연 스케이트장이 만들어져 있고 사람들이 스케이트를 타고 있었다. 겨울에 얼음이 언 논에서 아빠가 만들어 준 썰매를 타 보기는 했지만 논 중간중간 솟아 있는 벼 베기하고 남은 줄기 때문에 씽씽 달릴 수 없어 아쉬웠던 경험을 떠올리며 부러운 눈으로 스케이트 타는 사람들을 쳐다보고 있었다. 내가 얼빠진 사람처럼 스케이트장을 바라보고 있을 때, 작은아버지는 나에게 말했다.

"애란아, 너 여기서 저거 구경하고 있어라."

"예? 저 혼자요?"

"응, 우리는 저기 시장에 가서 좀 살 게 있으니까 금방 갔다 올게."

"예……."

"어디 다른 데로 가지 말고 여기 있어야 한다."

"예."

춘천은 나에게 낯선 곳이다. 아는 사람 하나 없다. 그런데 작은아버지 가족은 나를 낯선 곳, 낯선 사람들 틈에 혼자 있으라고 하고는 총총히 사라졌다. 내 마음속에서 찬바람이 불었다. 알 수 없는 불안감이 밀려왔지만 겨우 아홉 살인 나는 어떻게 해야 하는지 알 수 없었다. 혼자 남겨진 나는 무섭고 지루했고 불안했다. 무엇보다 겨울 추위가 뼛속까지 파고들었다. 다리 위에 서 있으니 불어오는 바람을 피할 길이 없었다.

시간이 얼마나 지났을까? 아무리 기다려도 작은아버지는 나타나지 않았다. 점심 무렵에 나선 시장 구경이었는데 짧은 겨울 해는 어느새 어두워지는 것 같았다. 춥고 배고프고 무서워서 더 이상 다리

위에 서 있을 수 없었다. 아까 걸어왔던 길을 거슬러 걷기 시작했다. 시장 양옆으로 늘어선 음식점을 힐끔거리며 걸었다. 누군가가 나를 붙잡을 것만 같아 불안한 눈동자를 이리저리 굴리며 시장을 헤매고 다녔다. 한참을 걸어 시장 입구까지 왔다. 그런데…… 시장 입구에 있는 국밥집에서 작은집 네 식구는 김이 펄펄 나는 국밥을 먹고 있었다.

원형 식탁에 둘러앉아 국밥을 먹다가 나와 눈이 마주친 작은엄마. 잠깐 동안 어색함으로 시간이 정지된 듯했다. 작은아버지는 헐레벌떡 식당 밖으로 나왔다. 그리고 뭐라고 나에게 이야기했지만 나는 그 말이 하나도 들리지 않았다. 그저 눈물만 쏟아졌다. 사태를 대충 마무리하고 온 식구는 집으로 돌아갔다. 그날 밤 나는 밤새도록 소리죽여 울었다. 그리고 다음날, 기차 태워주면 혼자 집에 가겠다고 했다. 사실 어떻게 가야 하는지 몰랐지만 내가 철저하게 외면당하는 그곳에서 잠시라도 더 시간을 보내고 싶지 않았다. 내가 느낀 두려움, 배신감, 분노, 어이없음 등등. 작은아버지의 운행 일정 때문에 하는 수 없이 하루를 더 지내고 작은아버지의 택시로 집에 돌아왔다.

예정보다 일찍 집에 돌아온 나를 보고 엄마는 반기면서도 뭔가 석연치 않아 했다. 하지만 나는 그 누구에게도 춘천에서 내가 버려졌던 사실을 말하지 않았다. 내가 그 말을 하는 순간 내 처지가 너무 불쌍해지고, 부모님 마음을 아프게 할 것만 같은 생각에 어린 마음에도 혼자만 가슴에 품고 있어야 한다고 생각했다. 그날 이후로 나는 방학 때 친척 집에 놀러 간다는 아이들이 부럽지 않았다.

2

타협? 나는 못 해!

상업고등학교는 취업이 목적이다. 3학년 2학기가 되면 각 기업에서 자기 회사에 필요한 인재를 뽑기 위해 갖춰야 할 자격을 제시하며 학생들을 선발한다. 선생님이 서류를 들고 교실에 들어오면 '이번에는 누가 불려 갈까?'라는 호기심과 기대감으로 긴장된 분위기가 만들어진다. 대부분 성적이 우수한 학생과 유난히 외모가 눈에 띄는 학생이 먼저 호명된다. 일차로 뽑힌 학생들은 취업 담당 선생님의 조언을 받으며 여러 가지 준비를 한다. 필기시험, 면접시험, 면접장 예절 등. 먼저 기회를 얻은 학생들이 빠져나간 교실은 미묘한 분위기가 계속되고 누구나 자기 이름이 불리길 기다리며 하루를 보낸다.

어떤 학생에게는 그런 기회가 여러 번 주어지지만, 졸업할 때까지 기회를 한 번도 얻지 못하는 학생들도 있다. 나는 다섯 명의 친구들과 마포에 있는 ○○건설에 가서 면접을 봤다. 면접에 합격한 후 근사한 빌딩에서 근무할 생각에 가슴이 설렜다. 하지만 떨어졌다. 그 이후 몇 번 더 취업의 기회가 있었지만 결국 졸업식을 할 때까지 취업하지 못한 한 사람이 되었다. 졸업이 가까워지면 학생들은 더 이상 취업의 기회를 학교에만 의존하지 않는다. 각자 알아서 자기 밥그릇을 찾아야 한다. 선생님이 꿈이었지만 집안 형편 때문에 공부를 뒤로 밀어 둔 채 취업을 하려고 상업고등학교에 진학한 나는 야간에 단과 학원에 다니기 위해서 빨리 취업을 해야만 했다. 안정된 직장을 구해야 학원비도 마련할 수 있고 내가 하고 싶은 일을 위해 더 공부할 수 있었기 때문이다.

평소 인심 좋고 성격 좋은 엄마는 동네 사람들에게 인기가 많았다. 우리 집이 가난했지만 엄마가 하는 가게에 와서 구걸하는 사람도 많았는데 엄마는 절대 빈손으로 보내지 않았다. 그런 엄마를 동네 어르신들은 늘 칭찬하셨다. 어느 날, 새마을금고에서 공채 시험으로 직원을 뽑는다는 것을 새마을금고 직원이 엄마에게 알렸다. 그 소식을 듣고 나는 시험 준비를 했다. 고등학교 때 ≪일반상식≫이라는 백과사전 두께의 책을 달달 외우면서 취업 준비를 했었는데 시험 과목이 지금까지 공부한 ≪일반상식≫과는 관계가 거의 없었다. 내가 열심히 공부하지 않았던 회계나 재무 관련 과목이 대부분이었다. 오히려 숫자에 대한 개념이 약했던 내가 초등학교 때 엄마를 졸라서 유일하게 다녔던 주산 학원이 진가를 발휘하는 순간이었다.

나는 무사히 시험에 합격해 새마을금고에 취직했다. 며칠 후 집에서 가까운 곳에 있는 지점으로 발령을 받아 출근했다. 출근하기 전에 양장점에 가서 유니폼을 맞추는데, 뿌듯하기도 하고 안정적인 직장이라서 마음이 든든했다. '나도 이제 정말 근사한 직장인이야'라는 생각에 열심히 일하리라 다짐에 또 다짐했다. 유니폼을 맞추고 돌아오는 길에 아현동에 있는 재수 학원에 등록했다.

출근해서 내가 인계받은 업무는 초등학교 아이들의 저축 습관을 길러주기 위해 주기적으로 학교로 가서 아이들에게 돈을 받아 오는 일이었다. 학교에서 쉬는 시간에 아이들이 통장과 돈을 들고 행정실 한쪽 책상에 앉아 있는 나에게 온다. 아이들이 가져온 통장에 저축 액수를 수기로 기록해서 주면 아이들은 자랑스러운 얼굴로 통장을 흔들며 교실로 돌아간다. 그렇게 받아 온 돈을 새마을금고로 와서 아이들 통장 원장에 기록하고 관리하는 일이었다.

그런데 이상한 점이 발견됐다. 아이들이 가지고 있는 통장에는 저축한 것으로 쓰여 있는데 사무실 원장에는 그런 내용이 빠진 것이 다수 있었던 것이다. 아이들이 저축한 돈이 큰돈은 아니라서 대개 몇천 원에서 몇만 원씩 차이가 났다. 원리원칙에 충실한 나는 그 문제에 대해 파고들었고 결국 전임자가 돈에 욕심이 생겨 아이들의 돈을 횡령했다는 사실을 밝혀냈다. 이 사건으로 나는 크게 충격을 받았다. 전임자는 같은 곳에서 근무하고 있는, 예쁘고 능력 있다고 인정받으며 어른들의 귀여움을 독차지하고 있는 직원이었기 때문이다. 게다가 전임자는 나를 따로 불러 자신이 그 돈을 모두 물어낼 테니 비밀로 해 달라는 요구까지 했다. 회사 임원들도 이 일이 알려지면 마을금고에 대한 신뢰도가 떨어진다며 나에게 조용히 넘어가라고 했다. 나는 이것은 범죄라며 목소리를 높였지만 소용이 없었다. 오히려 외부 사람들에게 이 사실이 밝혀지지 않도록 입조심하라는 경고를 받았다. 결국 전임자는 그 돈을 물어내고 직접 입, 출납을 하지 않는 업무로 바뀠다. 그런 회사의 처분이 너무 황당해서 받아들일 수 없었다. '돈'을 만지는 직업인데 당연히 부도덕한 행동을 한 직원을 해고하지 않고 계속 근무하게 하다니……. 부조리한 사람들의 행동에 화가 났다. 작은 일에서부터 원칙이 지켜져야 한다고 배웠고 그렇게 살아야 한다고 믿고 있었다. 수많은 책에서 결국 진실은 드러난다고 했고, 올바른 가치관을 가지고 살아야 한다고 했다. 이 모든 것이 단지 이론일 뿐이란 말인가?

아직 인생을 오래 살지는 않았지만 이런 곳에서 내 인생을 낭비하고 싶지 않았다. 그들의 얼굴을 보는 게 역겨웠다. 안정적인 직장을 포기하는 건 어려운 결정이었다. 직장을 포기한다는 건 내 미래 계획도 늦춰진다는 뜻이었다. 초저녁만 되면 피곤에 지쳐서 꾸벅꾸벅 졸고 있는 엄마에게도 미안한 일이었다. 다시 직장을 구할 수 있을지도 모르는 불안감도 있었다. 하지만 그런 현실과 타협할 수 없었다. 그래서 출근한 지 몇 달 만에 사표를 냈다. 당연히 학원도 잠시 쉬어야 했다. 사표를 내고 마지막 근무를 마친 후 퇴근해 집에 오니 엄마가 고기를 굽고 있었다. "우리 딸 맛있는 것 먹고 힘내자"라는 응원의 말과 함께. 내가 첫 월급 타서 엄마에게 사 드린 가스레인지 앞에서…….

정의롭게 살아야 한다거나 정의를 수호해야 한다는 등 거창한 삶의 철학을 가지고 있지는 않다. 어려서부터 부모님이 열심히 정직하게 사는 모습을 보면서 자랐다. 내가 믿는 하느님은 우리에게 착하게 살라고 하셨다. 불의를 보고 못 본 척하면 안 된다고 생각했다. 내용을 다 이해하지는 못해도 학교 끝나고 부기, 타자 학원 갈 시간에 학교 도서관에서 읽었던 여러 종류의 책을 통해 내 정신이 조금씩 단단해진 것 같다. 한마디 말로 정의할 수는 없지만 어떻게 살아야 하는가에 대해 고민했던 시간이 헛된 시간은 아니었나 보다.

3

無子息 上八字라고?

"아이고, 안타깝네요."

"이번에도 실패한 건가요?"

"예, 착상이 안 됐네요."

"예……."

"잘 쉬고 두 달 후에 다시 하시죠."

"예……."

이번이 벌써 다섯 번째다. 딱 한 번 착상에는 성공했지만 계류 유산으로 끝났다. 결혼하면 아이 낳고 사는 것이 당연한 줄 알았다. 그런데 나에게는 그런 당연함도 사치였을까?

남들보다 늦게 결혼했다. 내 나이 서른여섯. 남편은 서른여덟. 부부의 연을 맺기까지는 불교에서 말하는 억겁의 인연이 있어야 한다는데, 우리는 그 억겁이 만들어지는 데 좀 오래 걸렸나 보다. 늦은 나이에 결혼했기에 빨리 아기를 갖고 싶었다. 하지만 일 년이 지나도록 아기 천사는 찾아오지 않았다. 더 이상 기다리고 있을 수 없어서 병원을 찾았다. 병원에서는 몇 가지 검사를 한 후 우리 부부에게 자연 임신이 불가능하다는 판정을 내렸다. 임신을 원한다면 인공 수정과 시험관 시술, 두 가지 방법이 있는데 우리는 인공 수정을 할경우 성공률이 매우 낮으니 차라리 시험관 시술을 하라고 했다. 참으로 어이없고 기가 막히는 상황이었지만 그래도 선택권이 남아 있다는 사실에 억지로 위안을 삼았다. 그때부터 아기 천사를 맞이하기 위한 험난한 여정이 시작됐다.

시험관 시술을 위해서는 사전 준비가 만만치 않다. 먼저 보름 정도 날마다 같은 시간에 호르몬 주사를 맞아야 한다. 처음에는 주사맞으러 날마다 병원에 갔다. 주사 한 대를 맞기 위해 오고 가는 시간이 한 시간 이상 걸렸다. 호르몬을 투여해 난자를 최대한 많이 만들어 내야 한다. 불임 전문 병원이기에 병원에서 만나는 환자들은대부분 나와 같은 과정을 겪고 있었다. 나는 나이가 많은 편에 속하는 환자라서 주사 맞는 호르몬의 양이 남들보다 많았다. 그렇게 많은 양의 호르몬 주사를 맞아도 난자는 잘 자라지 않았다. 주사를 다맞고 나면 시험관 시술을 한다. 그리고 배양된 배아를 다시 주사로주입해 착상되기를 기다린다. 착상이 성공하면 임신이 되는 것이고그렇지 않으면 실패한 것이다. 주사 맞고 컨디션 관리하고 좋은 음식 먹으면서 최대한 주의를 기울이며 준비하는 과정이 쉽지 않다. 육체적으로도 정신적으로도.

두 번 시험관 시술을 할 때까지는 날마다 병원에 가서 주사를 맞았지만 세 번째부터는 주사기와 약을 가져와 내가 내 배에 주삿바늘을 꽂았다. 물론 병원에서 방법을 상세하게 알려줬지만, 처음에는손이 부들부들 떨렸다. 중간중간 '이렇게까지 하면서 꼭 자식을 낳아야 하나?'라는 생각도 들었다. 평범하게 살고 싶은 소원도 이루지 못하고 있는 내 처지가 너무 속상하고 원망스러웠다. 실패하는 횟수가 늘어갈수록 내 마음은 점점 좁아졌다. 남편에게 자주 짜증을 내고, 사람을 만나는 것도 피했다. 특히 돌잔치는 가고 싶지 않은 행사 1위였다. 좋은 엄마가 되고 싶어서 샀던 임신, 출산, 육아에 관한 책이 쌓여 있는 것만 봐도 스트레스가 밀려왔다. 재활용 상자에 책을 모조리 집어 던지면서 알 수 없는 상대를 향해 분노를 드러내기도 했다. 그 누구도, 그 어떤 말도 위로가 되지 않았다.

밖으로부터 받을 수 있는 위로는 없었다. 내 마음이 꽁꽁 얼어 있었기 때문에. 얼어붙은 마음을 녹일 수 있는 사람은 나 자신뿐이었다. 아침에 눈을 뜨면 성서를 읽었다. 점쟁이들이 점괘를 쳐 보듯 성서를 아무 데나 펼쳐서 읽으며 그날 내가 행동해야 하는 지침으로 삼았다. 잠깐은 효과가 있었지만 금세 흔들리는 마음으로 머릿속이 복잡해졌다. 그러면 이번에는 법정 스님의 책을 읽었다. 그때 주변에서 지인들이 나에게 가장 많이 선물한 책이 바로 법정 스님이 쓴 책이었다. 겨우겨우 마음을 추스르며 시험관 시술을 다섯 번 받았다. 모두 실패했다. 내 팔자에 자식은 없었다. 남편과 나에게 언제부터인지 서로 '아이'는 금지어가 되어 있었다. 꾹꾹 눌러 참으며 버티던 어느 날, 남편을 붙잡고 주저리주저리 신세 한탄을 했다. 울기도 하고 화내기도 하고 웃기도 하면서 쌓아두었던 감정을 쏟아냈다. 말없이 내가 하는 대로 보고만 있던 남편은 나를 꼭 안아 주며 한마디 했다.

"내가 더 잘할게."

그날 이후로 내 마음이 편해졌다. 현실을 인정하고 욕심을 버렸더니 조금씩 마음이 안정됐다. 하루아침에 모든 것이 되돌려지지는 않았지만 얼었던 마음이 녹기 시작했다. 아이를 갖기 위해 노력하는 동안 책을 읽으면서 저자의 의도가 그런 게 아니라는 걸 알면서도 억지를 부리며 고까워하던 마음이 스르르 사라졌다. 아이가 없으니 내 시간이 많았다. 오전 내내 읽고 싶은 책 읽고 운동하면서 나를 위해 시간을 쓸 수 있었다. 사춘기 아이들 키우느라 힘들어하는 친구들의 불평도 웃으면서 들어줄 수 있을 정도로 마음의 여유가 생겼다. 문득문득 아쉬움과 서운함이 생기기는 했지만, 얼른 그런 감정을 털어낼 수 있었다. 내가 가지지 못한 것에 집중하기보다 내가 이미 가지고 있는 것에 집중하는 연습을 했다. 내가 직접 몸으로 낳은 아이는 없지만 내가 가르치는 아이들이 있으니 그들이 바로 내가 사랑으로 낳은 아이들이라 생각하며 더 열심히 일했다. 내가 하는 일을 좋아해서 열심히 하기도 했지만 아이 없는 허전함을 달래기 위해 더 열심히 일했다는 것도 인정할 수밖에 없다. 그렇게 일 년이 넘는 시간을 일 중독 상태로 보냈다.

어느 날, 감기 기운이 있어서 병원에 가려고 집을 나섰다. 그런데 어젯밤 꿈이 선명하게 기억났다. 내과에 가는 대신 산부인과에 갔다. 그런데…… 의사는 나에게 '기적'이라고 했다. 자연 임신이 된 것이었다. 그동안 겪은 일을 잘 알고 있는 의사는 마치 자기 일처럼 기뻐했다. 그리고 "안정기에 접어들 때까지 삼신할미가 시샘하지 않도록 절대로 누구에게도 임신 사실을 알리지 말라"라고 했다. 현대 의학을 신봉하는 의사가 삼신할미라니 웃음이 났다. 유쾌하고 행복한 웃음이. 이제 나는 무자식 상팔자(無子息 上八字)가 아니고 유자식 상상팔자(有子息 上上八字)인 엄마가 되는 것이다.

안정기에 접어들었다는 의사의 말을 듣고 가족들에게 알렸다. 그 소식을 들은 시어머니가 말씀하셨다.

"아그야, 이제 애기 이름은 '천만 원'이라고 해야 되겠다."

"예? 그게 무슨 말씀이세요?"

"느그들 아그 만드느라고 돈 천만 원은 들었응께 그렇게 불러야 하재."

"아이고 어머니, 천만 원만 들었나요? 돈으로는 따질 수 없죠."

하느님의 선물로 태어난 아이는 지금 우리나라를 지키는 중학생이 되었다. 대한민국의 중학생이 무서워서 북한이 쳐들어오지 못한다는 우스갯소리가 있을 만큼 변화무쌍한 자아를 가지고 있는 중학생이다. 지금도 내 옆에 앉아서 발가락으로 글 쓰는 나를 툭툭 건드리고 있다. 이 시간이 참 행복하다.

4

마이너스의 손

사람이 태어나서 죽을 때까지 가장 오랜 시간 동안 해야 하는 것이 바로 '일'이다. 어린 시절 학교에 다니는 것이 그렇게 지루하고 힘들게 느껴졌었는데 나중에 어른이 되고서야 알았다. 그 시절이 얼마나 소중하고 귀한 시간이었는지……. 100세 시대인 요즘을 기준으로 계산해 본다면 부모의 보호를 받고 교육을 받는 시간이 약 30년, 직업 일선에서 은퇴한 후 지내는 시간이 약 20년 정도이고 그 나머지 약 50년 동안 일해야 한다는 결과가 나온다. 현재 80세인 우리 아빠도 정부에서 제공하는 '노인 일자리'에서 일을 하고 계신다. 하루 8시간을 기준으로 법에서 정한 주 40시간 근무는 아닐지라도 이 세상에서 살아가는 동안 가장 많은 시간을 할애하는 것이 일이니 일을 위해 직장을 구하는 것은 정말 중요한 문제다. 오늘날 젊은이들이 취업난으로 고생하고 답답해하는 모습을 보면 마음이 아프고 안타깝다. 나 역시 젊은 시절 직장을 구하기 위해 전전긍긍하던 기억이 있다.

고등학교를 졸업하고 취직할 곳을 알아봤지만 세상은 그렇게 호락호락하지 않았다. 나를 위해 일자리를 만들어 놓고 기다려주는 곳은 한 곳도 없었다. 친구들은 예쁜 외모가 한몫해서 꽤 이름 있는 회사에 들어가기도 하고 성적이 좋아서 일단 면접의 기회를 얻기도 했지만, 나에게 그런 기회는 몇 번 주어지지 않았다. 당당하게 공채로 입사했던 새마을금고를 박차고 나온 후 나는 직장을 구하기 위해 애썼다. 아현동 단과 학원에 다니고 있었는데 직장을 구하지 못하니 마음이 불편해서 제대로 공부에 집중이 안 됐다. 학원비 결제하는 날짜는 왜 그리 빨리 돌아오는지……. 어찌어찌하여 처음으로 구한 직장은 자동차용품 판매 대리점이었다. 주일에 성당에서 초등부 교사로 봉사활동을 하고 있었는데 평소 나를 눈여겨보시던 어른이 소개해 준 곳이었다.

설레고 두려운 마음으로 출근해 이런저런 것을 배우면서 직장 생활을 시작했다. 자동차에 그렇게 많은 부품이 들어간다니 놀라울 따름이었다. 복잡한 부품의 이름을 하나씩 외워가며 나름 열심히 다녔는데 자세한 이유는 알 수 없지만 얼마 못 가서 대리점은 문을 닫게 되었다. 갑작스러운 폐업 사실에 나는 너무 당황했다. 겉으로 보기에는 크고 거래도 많아서 그렇게 쉽게 폐업할 거라고 생각도 못 했는데 역시 겉모습만 보면 안 된다는 것을 경험했다. 아무튼 나는 빨리 직장을 다시 구해야 했다.

다행히 새로운 직장을 구했다. 전자제품에 들어가는 자그마한 칩을 만드는 회사였다. 내가 하는 일은 부업으로 재료를 가지고 가서 조립해오는 아주머니들의 내역을 관리하는 일이었다. 부품 한 개를 조립해서 받는 돈은 몇 원이다. 아주머니들이 날마다 회사로 와서 일거리를 집으로 가지고 가서 조립해 가져오면 그 수량을 확인하고 장부에 기록하는 일이었다. 아주머니들은 열심히 손끝이 닳도록 일했지만 받아 가는 돈은 너무 적었다. 그에 비해 사장님이 얻는 이익은 몇십 배, 아니 몇백 배나 됐다. 하루는 아주머니와 사장님 사이에 큰 소란이 일어났다. 결국 서로 자기 밥그릇을 더 많이 챙기기 위한 싸움이었다. 그런 어른들의 모습이 너무 싫었다. 게다가 사장님은 사무실에 아무도 없을 때 자랑하듯 음담패설을 했다. 내 앞에서 음흉한 눈빛으로 이상한 이야기를 하다가 누군가 들어오면 언제 그랬냐는 듯이 태연한 얼굴로 돌아갔다, 사무실에 혼자 있게 될까 봐 불안했다. 너무 끔찍했다. 남자가 무서웠다. 어른이 무서웠다. 엄마에게 이야기했더니 당장 그만두라고 했다. 다음날부터 또다시 실업자가 되었다.

이번에 구한 직장은 보습 학원이었다. 허리디스크 때문에 치료를 목적으로 수영을 배우라는 처방을 받고 새벽마다 수영장에 다니고 있었다. 날마다 빠지지 않고 열심히 나와 묵묵히 연습하는 나를 본 학원 원장님이 먼저 제안을 한 것이다. 나는 수학 전공자가 아니었고 졸업도 하지 않은 상태라서 거절했지만, 원장님은 나를 믿고 일할 수 있게 해 주셨다. 아이들을 좋아하는 나는 학원에서 열심히 일했다. 내가 열심히 하는 만큼 성과도 좋았다. 아이들, 학부모, 원장님 모두 만족했지만 나만 스스로 만족하지 못했다. 그곳은 내가 있을 자리가 아니었다. 또다시 실업자가 되었다.

학교를 졸업하기는 했지만 적성에 안 맞았고 그저 졸업장을 위한 졸업을 했을 뿐이다. 당연히 전공을 살려 취업하지도 못했다. 급하게 다시 찾은 직장은 주방 가구를 제작해 주는 회사였다. 주부들이 각자 주방을 자기 취향대로 꾸미고 싶을 때 원하는 색깔, 디자인, 구성 등을 주문하면 그대로 맞춰 주는 곳이었다. 우리 엄마는 낡아빠진 한 칸짜리 개수대에서 일곱 식구의 식사 준비를 하는데 이곳에 오는 주부들은 깨끗하고 예쁜 색깔과 모양으로 자신의 주방을 꾸미려고 오는 것이다. 대부분의 고객은 경제적으로 여유가 있는 사람들이었다. 그들이 자신의 요구를 당당하게 말하는 모습을 보면서 부럽기도 하고 내 기억 속에 남들 앞에서 한 번도 당당하게 자신의 목소리를 내지 못했던 우리 엄마의 모습이 떠오르면서 속상하기도 했다. 당당하게 자신의 요구 사항을 말할 수 있는 힘은 바로 '돈'이라고 생각했다. 그래서 나도 열심히 일해서 하루빨리 돈을 많이 벌어 당당한 삶을 살고 싶었다.

하지만 그런 나의 의욕과는 상관없이 그 회사는 얼마 되지 않아 문을 닫게 되었다. 도대체 뭐가 문제인지 알 수가 없었다. 나는 열심히 했는데도 왜 자꾸만 나에게 이런 일이 생기는 걸까? 내 의지와 상관없이 왜 자꾸 안 좋은 일만 생기는 걸까? 하필이면 내가 들어가는 회사마다 문을 닫게 되는 걸까? 그러면서 내가 쓸모없는 존재인 것 같은 자괴감도 들었다. 내가 무엇을 잘못해서 생긴 일이 아님에도 불구하고 내 자존감은 끝도 없이 하락하기 시작했다. 실력도 별로, 외모도 별로, 집안 환경도 별로인 나 자신이 한없이 초라하게 느껴졌다. 새로운 직장을 찾아야 하는 신세가 된 나는 또다시 이곳저곳을 전전해야만 했다.

새로 찾은 직장은 건축 설계사무소였다. 사장님이 사업 확장의 일환으로 사무실을 하나 더 개설해서 직원을 구한 거였다. 거기에서 내가 할 수 있는 일은 커피 타고 손님 안내하고 은행 심부름을 하는 등 잡다한 일이었다. 그런 것이 특별한 일도 아니고 누구나 할 수 있는 일인 데다 특별히 보람을 느끼는 일도 아니었지만 그래도 직장을 다닐 수 있다는 사실이 다행스러웠다. 그래서 누구보다 먼저 출근해서 사무실 청소하고 전화도 상냥하게 받으면서 최선을 다했다. 하지만 그것도 잠시. 결국 그 회사도 문을 닫게 되었다. 사장님이 무리하게 사업을 확장한 탓에 불어나는 비용을 감당하기가 어려웠던 것이다. 결국 나는 또다시 내 의지와 상관없이 실업자가 되었다.

이렇게 계속되는 불운을 한탄하며 은행에 다니는 친구에게 넋두리를 했는데 친구는 내 직장 생활의 지난 과정을 모두 알고 있으면서 웃으며 한마디 했다. "그러게 처음부터 좋은 직장을 구해야지! 능력이 없으니까 그런 거지." 그 말을 듣는 순간 자신이 너무 비참했다. 허물없이 지내는 친구도 나를 능력 없는 사람으로 판단하고 있었다니…… 떨어지는 자존감의 속도와 비례해서 다른 사람을 향한 내 마음의 문도 닫혔다. 마음의 문을 굳게 잠그고 나니 세상이 한층 더 살기 싫은 곳으로 보였다. 모든 일에 짜증이 나고 자신감이 없을 뿐 아니라 모두가 나를 향해 손가락질하고 나를 우습게 여기는 것 같아서 세상을 향해 이를 드러내며 으르렁거렸다. 사소한 일에도 화가 치밀어 오르고 누군가가 나에게 말 한마디 잘못하면 싸우자고 덤벼들었다. 특히 가족들에게 그 화풀이를 다 해서 엄마도 내 눈치를 봐가며 늦은 사춘기를 이제야 겪는다며 걱정했지만 나는 그런 말이 하나도 귀에 들어오지 않았다. 그러는 중에도 직장을 구해야 했기에 여기저기 알아보았지만 쉽게 구해지지는 않았다. 잔뜩 찡그린 얼굴로 불안한 눈빛을 하고 움츠리고 있는 나를 반길 곳이 없었던 것이다. 이제는 정말 다급한 마음에 조건, 위치, 하는 일 등 아무것도 가리지 않고 그저 아침에 출근할 수 있기만을 바랐다. 나는 정말 마이너스의 손이란 말인가?

5

아빠, 우리 아빠

　아빠가 시그네틱스에 취직한 덕분에 고정 수입이 생겨서 우리 집 형편이 조금씩 나아졌다. 덕분에 엄마를 졸라서 주산 학원도 다닐 수 있었다. 도로변에서 잡다한 물건을 팔고, 정미소, 박스 공장, 타일 공장 등 닥치는 대로 일하던 엄마는 큰이모네가 하던 기름집을 인수했다. 큰이모네는 가방 공장을 차려서 옆 동네로 이사를 했다. 엄마의 싹싹함과 성실함 덕분에 기름집에는 단골손님이 늘었다. 정직하고 성실하게 일하는 엄마를 믿고 기름을 짜러 오는 손님이 많았다. 일주일에 두세 번 참깨를 볶고, 기름을 짜서 소매로 팔기도 하고 아빠 회사 식당에 납품도 했다. 아빠는 식당에 근무하진 않았지만 회사 관계자는 아빠의 성실함을 알고 특별히 우리 집에 기름을 주문했다. 아빠 회사의 식당이 규모가 큰 곳이라서 기름 납품은 우리에게 엄청 큰 행운이었다.

　기름을 짜는 과정은 이렇다. 먼저 참깨를 깨끗이 씻어 물기를 뺀 후 커다란 솥에 넣고 볶는다. 양옆으로 벌어진 두 개의 날개가 돌아가면서 깨가 타지 않도록 규칙적으로 저어 준다. 전기를 이용해 물을 끓인 후 그 압력으로 기계가 움직이는 것이다. 적당히 볶아진 참깨를 양푼에 퍼 담아 밖으로 들고 나가 키질을 하면서 쭉정이는 골라내고 열기를 식힌다. 적당히 식은 참깨를 이번에는 베주머니에 담아 구멍이 숭숭 뚫린 기계에 넣고 위에서 누른다. 그러면 구멍 사이로 고소한 기름이 줄줄 흘러내린다. 기름을 짜는 날에는 아침부터 깨를 씻고 볶고 기름 짜는 고소한 냄새가 온 동네에 퍼진다. 나는 그 냄새가 참 좋았다. 기름을 짤 때마다 돈이 들어온다는 생각에 학교에 안 가는 일요일이면 참깨 씻는 일을 도왔다. 열심히 일하는 엄마, 아빠는 단칸방에서 벗어날 수 있다는 희망을 갖고 있었다.

중학교 2학년 봄, 학교에서 돌아온 나는 눈 앞에 펼쳐진 광경에 잠시 넋을 잃었다. 우리 집은 도로변에서 들어오면 정면으로 보이는 곳이다. 도로 옆으로 고물상이 넓은 터를 차지하고 있고 그 끝쪽에서 시작되는 집이 우리 집이다. 그런데 집이 보이지 않았다. 정확히 말해서 가게가 보이지 않았다. 어지럽게 흩어진 기계 파편들과 날아간 지붕, 쏟아진 깨, 흘러내린 기름…… 어찌 된 일인지 상황 파악을 못 하고 두리번거리고 있을 때 주인집 아주머니가 나를 보고는 상황을 대충 이야기했다. 사고가 났고 그 사고로 아빠가 크게 다쳐서 병원에 갔다는 것이다.

그날도 기름을 짜기 위해 아침부터 분주했다. 3교대 근무하는 아빠는 오후 근무였다. 2시에 출근하는 아빠는 출근하기 전에 한 번이라도 엄마를 도와주고 가려고 볶아진 깨를 푸려고 했다. 아빠가 깨를 푸려고 고개를 숙인 순간 구멍이 막혀 압력이 올라갔던 기계가 터진 것이다. 다행히 가게 안에는 손님이 없었고, 엄마도 가게 밖에 있었다. 그 폭발로 아빠는 쓰러졌고, 가게 지붕은 날아갔다. 가까운 병원으로 동네 사람들이 택시를 불러서 아빠를 태우고 갔다. 그런데 거기에서는 아빠 상태를 보고 큰 병원으로 가라고 했다. 아빠는 온몸에 큰 화상을 입고 작은 쇳조각이 얼굴과 몸 여기저기에 무수히 박혔다. 그때부터 아빠의 병원 생활이 시작되었다. 아들이 태어났다고 좋아했던 엄마는 막내에게 젖을 물릴 수도 없었다. 우리에게는 엄마 없는 생활이 계속됐다. 지붕이 날아갔기에 밥하는 모습을 지나가는 사람이 다 볼 수 있었다. 정말 창피하고 비참했다. 도시락 반찬으로 눈물을 흘리며 볶았던 어묵이 생각난다. 그때부터 엄마를 대신해 외할머니가 우리 집 살림을 도맡았다. 외할머니는 우리 세 자매를 향해 걸쭉한 욕을 했다. 화가 나면 바가지로 때리기도 했다. 한번은 외할머니가 둘째 동생을 바가지로 때렸는데 바가지가 깨지기도 했다.

꽤 오랜 시간이 지난 후 아빠를 보러 병원에 오라고 했다. 나는 이제 아빠가 퇴원할 수 있을 만큼 좋아져서 오라는 줄 알고 기대하는 마음으로 병원에 갔다. 병실 문을 여는 순간 내 눈앞에는 '미라'가 있었다. 나는 너무 놀라서 소리를 지르며 병실 문을 도로 닫았다. 지금까지도 내가 세상에서 제일 무서워하는 캐릭터가 미라다. 내가 깜짝 놀란 미라의 정체는 바로 우리 아빠였다. 아빠는 눈만 빼고 온몸에 붕대를 감은 채 꼼짝 못 하고 침대에 누워 있었다. 정말 끔찍했다. 그렇게 다정하고 잘 웃던 아빠는 어디로 갔을까?

엄마의 설명에 따르면 아빠가 이렇게라도 살아 있는 게 기적이라고 했다. 외할머니는 아직 젖을 못 뗀 막내를 업고 병원에 자주 갔다. 하루는 병원에서 막내에게 젖 먹이는 모습을 본 간호사가 엄마에게 말했다. 자기도 갓난아기가 있는 엄마라고, 밤 근무하는 시간에 자기가 따로 갈 테니 기다리라고. 그날부터 간호사는 밤에 아빠에게 처방받지 않은 주사를 놨다. 그렇게 며칠이 지난 후 아빠 몸에서 절대 마르지 않을 듯 화상 때문에 쏟아지던 진물이 마르기 시작했다. 이제 고비는 넘겼다고 의사는 말했다. 이제는 붕대를 매일 교체하지 않아도 될 정도가 되었다. 아빠의 상태가 좋아진 며칠 후 간호사는 병원을 그만뒀다. 엄마는 지금까지도 그 간호사를 잊지 못한다. 그때 연락처라도 알아 두었더라면 두고두고 은혜를 갚을 수 있었을 텐데 그런 걸 챙길 정신이 없었다고 못내 아쉬워한다.

이 세상에 공짜는 없다고 한다. 엄마 아빠가 어려운 형편에도 가난한 사람 돕는 일을 외면하지 않고 살았던 복을 그때 받은 거라고 생각한다. 시간은 속절없이 흘렀고 아빠의 병세는 날이 갈수록 좋아졌지만 당장 병원비와 먹고사는 일이 걱정이었다. 나는 고등학교 진학도 앞두고 있는 상황이지만 마음고생 하는 부모님과 의논 할 수도 없었다. 아빠 병원비는 아빠와 같은 직장에서 일하는 동료들의 도움과 회사에서 그동안 아빠의 성실함을 보았기에 믿고 가불해 준 돈으로 치르고 무사히 퇴원했다. 퇴원 후에도 아빠는 꽤 오랫동안 집에서 요양해야 했다. 아빠 몸 여기저기에는 그때의 화상 자국과 쇳조각으로 인한 흉터가 남아 있다. 특히 오른쪽 눈꺼풀이 화상으로 쪼그라들어 잠을 잘 때도 눈꺼풀이 눈동자를 완전히 덮지 못해 눈을 뜬 채로 자야 한다. 그 때문에 눈병이 수시로 생긴다. 후에 수술을 한 번 더 받았지만 지금도 아빠는 안약을 곁에 놓고 살고 있다.

어떤 일이든 자신이 그 사건의 중심에 있을 때는 객관적으로 바라볼 수가 없다. 나만 힘든 것 같고 나만 불행한 것 같고 세상에 나만 홀로 외로운 싸움을 하는 것 같다. 나 역시 그랬다. 하지만 세상에 죽으란 법은 없다. 터널은 반드시 끝이 있고 그 끝에는 따뜻한 태양이 비추고 있다. 그 터널을 빠져나온 우리 모두 지금 이렇게 잘살고 있지 않은가!

6

책으로 하는 육아, 경험으로 하는 육아

"재민아, 얼른 밥 먹어. 유치원 차 올 시간 다 됐어."

"배 아파. 먹기 싫어."

"또 그런다. 빨리 먹어!"

"싫어! 싫어!"

아침마다 아이와 전쟁을 치른다. 어느 날은 배 아파서 밥을 먹지 않겠다고 하고, 어느 날은 바닥에 누워 뒹굴며 울기도 한다. 아이를 어린이집에 보내기 위해 한바탕 전쟁을 치르고 나면 기운이 빠진다.

기적처럼 찾아온 아이는 기쁨이었다. 아이를 위해서라면 무엇이든 할 수 있는 게 부모 마음이지만 시간이 흐르면서 현실과 적당히 타협하면서 살게 된다.

내가 아이들에게 독서, 논술 가르치는 일을 시작했을 때는 상황이 좋지 않았다. 나름대로 고민하고 연구하면서 나만의 매뉴얼을 만들었고, 그것이 아이들에게 좋은 성과로 나타나면서 나는 인기 강사로 등극했다. 가르칠 아이들을 찾아다니던 입장에서 나에게 수업을 받고 싶은 아이들이 대기하고 나를 기다리는 입장이 되었다. 나 자신을 '마이너스의 손'이라고 칭하며 직업을 찾기 위해 전전긍긍하던 때가 언제였는가 싶을 정도로 탄탄대로를 걷고 있었다. 아이가 생겼을 때 나는 한창 일하고 있었고, 내 일에 대한 자부심과 만족도도 높았다. 물론 경제적으로도 쉽게 포기할 수 없을 정도의 성과를 나타내고 있었다. 나는 아이를 낳은 후에도 일을 계속하고 싶었고, 친정 부모님께서 아이를 봐주시기로 하고 살림을 합쳤다.

아이는 태어난 지 50일 만에 급성폐렴으로 병원에 입원했다. 뒤이어 급성천식으로 응급실을 찾아야 하는 날이 잦았다. 잠도 잘 안 자고 우유도 조금밖에 안 먹는 등 순둥이와는 거리가 멀었다. 내가 수업하러 나가면 아이는 할머니 등에 업혀서 오래도록 울었다. 예민하고 까칠한 아이를 돌보는 일은 아이 다섯을 키운 할머니에게도 쉽지 않았다. 늦은 밤까지 수업하고 돌아오는 당신 딸을 조금이라도 더 잠자게 하고 싶은 엄마의 마음으로 할머니는 아이가 울기 전에 새벽부터 아이를 업고 동네를 배회했다. 그런 친정엄마가 너무 힘들어 보여서 아이가 다섯 살이 되었을 때 아이를 어린이집에 보냈다.

처음에 아이는 유치원에 가고 싶다며 미리 받아 온 가방을 들고 다니며 즐거워했다. 그런데 막상 엄마, 할머니와 떨어져 어린이집 버스를 타려고 하니 불안했는지 안 간다며 떼를 부렸다. 처음 적응 기간 동안은 내가 직접 데리고 가서 한두 시간 함께 있다가 데리고 오니까 아이는 새로운 환경을 신기해하고 좋아했다. 적응 기간이 끝나고 다른 아이들처럼 등·하원을 시작하면서 문제가 생긴 것이다. 때로는 달래고 때로는 윽박지르고 때로는 유혹하는 등 여러 가지 방법을 썼지만 고집이 센 아이에게는 좀처럼 먹히지 않았다. 이런 고민을 어린이집 선생님께 이야기했더니 아이들 대부분이 거치는 과정이니 시간이 좀 지나면 괜찮아질 거라고 했다. 빨리 그렇게 되기를 바라는 마음이었다.

거의 한 달 정도 아이와 전쟁을 치른 후, 아이는 어쩔 수 없어서 포기한 것인지, 아니면 적응 기간이 다 차서 적응하는 것인지 아침에 별다른 저항 없이 어린이집 차를 타고 등원했다. 그런데 아이에게 이상한 증상이 나타났다. 고집 세고, 수다스럽고, 자기표현을 잘하던 아이가 모든 일에 의욕이 없고 눈을 깜빡거리고 소변을 가리지 못하는 등 전혀 다른 아이가 된 것이다. 조금 걱정되기는 했지만 아침마다 씨름하지 않고 보낼 수 있어서 오히려 다행이라고 생각했다.

그러던 어느 날, 나는 아이를 데리러 어린이집으로 갔다. 그날은 원감이 안 계시고 담임이 아이를 데리고 나왔다. 나는 인사치레로 아이가 어떻게 지내는지 물었다. 그런데…… 담임은 아이가 어린이집에 오면 교실 문 앞자리에 앉아서 집에 돌아갈 때까지 말도 한마디 안 하고 움직이지도 않고 밥도 안 먹는다는 것이었다. 너무 충격이었다. 분명히 원감은 내가 물어볼 때마다 잘 지내고 있다고 했었는데…… 다섯 살밖에 안 된 아이가 얼마나 싫었으면 그렇게 행동할까? 아이가 이상한 행동을 보이기 시작했을 때 내가 눈치챘어야 하는데……. 가슴이 무너졌다. 내가 아이에게 도대체 무슨 짓을 한 건지.

책 읽기를 좋아하는 나는 육아도 책으로 시작했다. 결혼 전에는 인간의 심리에 대한 책을 주로 읽었고, 인간관계 맺는 법, 대화법 등 내게 필요하다고 생각하는 책을 읽고 적용하려고 애썼다. 실제로 그렇게 읽은 책 덕분에 나는 조금씩 성장했고 책을 절대적으로 신뢰했다. 아이가 생기기 전부터 '육아'에 관한 책을 많이 읽고 '아이가 태어나면 이렇게 키워야지'라는 계획을 세웠었다. 중간에 그 모든 책을 재활용 상자에 던져버린 경험이 있기는 하지만. 아이가 태어난 후에도 친정엄마가 아이를 봐주셨기에 아이 키우기는 엄마께 맡겨놓고 나는 그저 책으로만 키웠다. 이 시기에는 아이에게 이렇게 해줘야 한다. 이 시기에는 이런 걸 경험할 수 있게 해야 한다. 그래서 일요일이면 아이를 데리고 여기저기 많이 돌아다녔다. 아이에게 다양한 체험을 시켜주기 위해서. 그런데…….

그날 집에 돌아와 아이에게 물었다. 어린이집에 가서 어떻게 지내는지, 마음이 어떤지. 아이는 무조건 가기 싫다는 말만 하면서 울었다. 아이를 끌어안고 나도 울고 친정엄마도 울었다.

책 읽기가 중요하다는 것은 누구나 다 알고 있는 사실이다. 하지만 제대로 읽고 제대로 해석하지 않으면 나처럼 되는 것이다. 머리는 커졌지만 마음이 성숙하지 못한 기형적인 상태. 책을 읽고 비판적으로 생각하고 자신의 상황에 제대로 적용하는 능력을 키우는 것이 얼마나 중요한지 아이를 키우면서 경험했다.

아이는 정서 검사 결과 '분리불안으로 인한 틱'으로 나타났다. 몇 번의 놀이치료를 받으면서 빠르게 안정됐다. 무엇보다 육아에 대한 내 태도의 문제점을 알고 적극적으로 노력했다. 고맙게도 아이는 금방 예전의 모습을 되찾았고 집은 아이 덕분에 웃음이 넘쳤다. 친정엄마는 나에게 "아이는 책으로 키우는 게 아니라 경험과 사랑으로 키우는 거"라고 말씀하셨다. 똑똑한 척, 잘난 척하며 책을 들이대던 내 손이 너무 부끄러워지는 순간이었다.

아이는 지금도 고집 세고, 말 많고, 자기주장이 강하다. 사람 쉽게 안 변한다. 그래도 함께 있어서 너무 행복하고 좋다.

7

암에 걸렸다고요?

하루 24시간이 아쉬울 정도로 수업했다. 나를 기다리는 아이들은 많고 시간은 한정되어 있어서 더 이상 수업할 수 있는 시간이 없는 게 안타까울 지경이었다. 대부분 같은 단지 아파트에서 아이들 집을 방문해 수업하기 때문에 저녁을 먹으려면 상가로 나왔다 가야 한다. 그러면 시간이 걸린다. 밥 먹는 시간도 아까워서 밤 11시 수업이 끝날 때까지 밥도 먹지 않고 수업했다. 물론 수업하는 동안 학부모님이 준비해 주신 간단한 간식을 먹었다. 민희 어머님은 수업 조금 덜 해도 되니까 식사 먼저 하라며 수업하러 가면 상을 미리 차려 놓으셨다. 상현이 어머님은 수업이 끝나면 운전하는 동안 먹으라고 김밥이랑 샌드위치 같은 것을 매번 싸 주셨다. 두 분 말고도 고마운 분들이 너무 많다.

수업하는 동안 나는 온전히 아이들에게 집중하고 아이들과 이야기를 많이 나누기 때문에 에너지 소비가 크다. 아이들 한 명, 한 명의 이야기를 듣고 들은 내용을 바탕으로 토론 거리를 끌어내고 소외되는 아이가 없도록 분위기 이끌고 한 번씩이라도 자기 목소리를 내게 하고…… 한 시간이 마치 몇 분처럼 느껴질 정도로 다이내믹하게 수업이 진행되기 때문에 아이들도 벌써 끝났냐며 아쉬워한다. 그렇게 수업을 마치고 나면 뿌듯하고 성취감을 느끼지만 온몸에서 힘이 쭉 빠지며 피로감이 몰려온다. 하지만 그 피로감은 기분 좋은 피로감이었다.

그런데 언제부터인가 몸이 점점 힘들어졌다. 지나치게 피곤하고, 허기지고, 에너지가 완전히 방전된 것 같은 느낌이었다. 얼마 전 국민건강보험공단에서 실시하는 건강검진 1차 소견서에 가슴에 이상 증상이 보이니 재검사받으라는 통보를 받은 상태였다. 하지만 수업하느라 시간을 낼 수 없었다. 아니 시간을 낼 수 없었던 게 아니라 국가 건강검진을 신뢰하지 않았다. 그렇게 두 달 정도 시간을 보냈다. 그런데 시간이 흐를수록 점점 쉽게 지쳐가는 자신이 이상했다. 단순히 나이 들어가는 과정이라고 생각하기에 나는 아직 젊었다. 이대로는 안 되겠다 싶은 생각에 1차 건강검진 소견서를 들고 병원에 갔다. 의사는 추가 검사가 필요하다고 했다. 초음파 검사를 하던 의사는 말없이 잠깐 기다리더니 내게 물었다. 집에서 가장 가까운 병원이 어디냐고? 무슨 뜻인지 몰라서 어리둥절해 있는 나에게 진료 의뢰서를 써 줄 테니 최대한 빨리 큰 병원으로 가라고 했다. 기가 막혔다. 그 순간 ≪모리와 함께한 화요일≫에서 모리 교수가 루게릭병에 걸렸다는 진단을 받았던 장면이 떠올랐다.

한편 모리 선생님은 아무 일 없는 듯 잘 돌아가는 주변 분위기에 깜짝 놀랐다. 세상이 멈춰져야 되는 게 아닌가? 저 사람들은 내게 어떤 일이 벌어졌는지 알고나 있을까? 하지만 세상은 멈추지 않았으며, 아무 일 없는 듯 잘도 돌아갔다. 선생님은 힘없이 차문을 열면서 속으로 추락하는 느낌을 맛봤다.

'이제 어쩌나?'

그는 속으로 중얼댔다.

(미치 앨봄, ≪모리와 함께한 화요일≫, 세종서적, 21쪽)

　큰 병원에 가서 여러 가지 검사를 받았다. 결과는 유방암이었다. 너무 많이 퍼져 있어서 최대한 빨리 수술 날짜를 잡아야 한다고 했다. 눈앞이 캄캄했다. 한순간에 나락으로 떨어지는 기분이었다. 최종 결과를 들은 날, 도저히 수업하러 갈 수가 없었다. 줄줄 흐르는 눈물을 닦을 생각도 하지 못한 채 병원 의자에 한동안 멍하니 앉아 있었다.

　'이제 어떻게 해야 하지?'

　'제일 먼저 뭘 해야 하는 거지?'

　'이제 겨우 초등학교에 입학한 아이는 어쩌지?'

　'나에게 이런 일이 왜 생긴 걸까?'

　'지금까지 내가 인생을 잘못 살았나?'

　아무리 생각을 해도 생각이 이어지지 않았다. 그저 조각조각 떠오르는 질문과 흩어지는 마음만 여기저기를 헤맬 뿐이었다. 이런 내 마음과 전혀 상관없이 병원 일정이 짜여지고 처음 해 보는 여러 가지 검사만 나를 기다리고 있을 뿐이었다. 어느 정도 마음이 진정되자 당장 하고 있는 일을 정리해야 했다. 우선 수업하고 있는 아이들 부모님께 간단하게 소식을 전했다. 더 이상 수업을 할 수 없다고. 어머님들은 건강이 먼저니 우선 건강에만 신경 쓰고 잘 회복해서 다시 만나자며 나를 걱정해 주고 위로해 줬다. 오랜 시간 함께한 분들이 건네는 한마디 한마디와 진심 어린 눈빛이 너무 고마웠다. '내가 그동안 '혼자만의 착각'에 빠져 있던 것은 아니었구나!'라는 생각도 들고, 동시에 이제부터는 일할 수 없는 자신의 존재감을 어디에서 어떻게 찾아야 하는지에 대해서도 고민이 됐다. 나를 간병하는 것부터 아이 돌보기까지 친정엄마와 여동생 등 온 가족이 동원됐다. 가족의 사랑과 정성이 없었다면 얼마나 외로운 시간이었을까…….

수술받기 전날, 의사는 같은 날 수술 받을 환자 여섯 명을 모아 놓고 수술 과정에 대해 설명했다. 개괄적인 설명을 마치고 의사는 나에게만 병실에 가 있으라고 했다. 불안했다. 잠시 후 의사는 병실로 와서 나의 특이한 상황에 대해 설명했다. 내가 지금까지 들었던 것보다 안 좋은 상황이었다. 하지만 나는 선택의 여지가 없었다.

그날 밤은 시간이 참 느리게 흘렀다. 지금까지 살아왔던 47년의 세월이 주마등처럼 스쳐 갔다. 암 진단을 받고 내 삶을 정리하면서 가장 아쉬웠던 건 마음껏 즐기면서 살지 못했던 지난 시간이었다. 항상 '내일'을 걱정하며 '오늘'을 즐기지 못했다. 열심히는 살았지만 재미있게 살지는 못했다. 항상 자신을 다그치고 조금 더 할 수 있다고 채근했다. 가난한 집안 형편 때문에 일찍부터 철이 들어 애어른이 되었고, 직장을 구하기 위해 진진긍긍했고, 내 일을 찾아 자리 잡은 후에는 미래를 준비하느라 바빴다. 오로지 앞만 보고 달린 인생이었다. 가족에게, 친구에게, 이웃에게 많이 사랑하고 많이 표현하고 많이 웃지 못한 시간이 후회됐다. 나에게 혹시 보너스로 인생을 살 시간이 주어진다면 지금까지와는 다른 인생을 살고 싶다고 생각했다.

오랜 시간에 걸친 수술이 끝나고 가족들은 한시름 놓았다. 조마조마한 마음으로 지내다가 또다시 조직 검사를 하고 결과를 보던 날, 의사는 기적이라고 했다. 내 생애 두 번째 기적이었다. 암세포가 너무 많이 퍼져 있어서 어려운 상황이었는데 다행히 대부분이 상피내암이고 일부만 침윤성이라서 살았다고. 축하한다고. 옆에 있던 엄마도 울고 나도 울었다. 기쁨의 눈물이었다. 안도의 눈물이었다. 가슴

한쪽을 잃은 것쯤은 괜찮았다. 이제부터 새로운 인생을 살 것이다. 많이 웃고, 많이 즐기고, 많이 나누는 인생. 그래야 마지막 날에 후회하지 않을 테니까.

8
어이없는 우연

"여보세요?"

"여기 남편분이 지금 교통사고 당해서 제가 연락드리는데요……."

"예? 지금 어디죠?"

남편이 출근한다고 집을 나선 지 불과 5분 만에 걸려온 낯선 사람의 전화에 깜짝 놀랐다. 오토바이로 출퇴근하는 남편이 교통사고를 당한 것이다. 남편은 정신을 잠깐 잃었다가 깨어났고, 지나가던 사람이 친절하게 나에게 전화해 준 것이었다. 내가 헐레벌떡 뛰어나갔을 때는 이미 경찰과 구급차가 와서 남편을 병원으로 후송할 준비를 하고 있었다. 다행히 남편은 의식이 또렷한 상황이어서 나는 놀란 가슴을 쓸어내렸다.

다친 남편은 병원으로 옮겨졌고, 나는 현장에 남아 사고 경위 조사를 받은 후 병원으로 달려갔다. 검사 결과 남편은 타박상이 여러 군데 생겼고 오른쪽 쇄골 골절로 수술해야 한다고 했다. 그때까지 자세한 사건 경위를 잘 모르던 나는 조심성 없는 남편을 탓했다.

이게 골절이기에 수술받은 후에도 일상생활을 하는 데 불편함이 컸다. 나는 일하는 엄마로 손이 열 개라도 부족할 정도로 바쁜 하루하루를 살고 있는데 남편 뒷바라지까지 하려니 짜증이 났다. 게다가 오토바이 사고는 보험에서 보상도 받을 수 없고, 회사 출근도 몇 달 동안 할 수 없는 상황이니 이래저래 신경 쓸 일이 많았다. 남편은 그런 내 눈치를 보느라 다쳤으면서도 마음 편하게 쉬지 못하고 안절부절못했다.

퇴원 후 경찰서에 사고 조사서를 확인하러 갔다. 경찰관은 사고 당시 블랙박스 영상을 보여 주었다. 맙소사! 영상을 확인하던 나는 너무 놀라고 며칠 동안 남편에게 무언의 압박을 준 사실이 미안했다. 사고 당일, 남편이 오토바이를 타고 달리고 있는데 갑자기 오른쪽 길가에 세워져 있던 승합차가 파란불로 바뀐 신호를 보고는 급하게 돌진해왔다. 승합차 운전자는 차선을 변경해 교차로를 건너려는 욕심에 오토바이를 발견하지 못하고 옆에서 오토바이를 밀어 버린 것이다. 그 충격에 남편의 몸이 공중으로 붕 떠올랐다가 바닥으로 떨어졌다. 남편의 체격이 작고 말라서 털모자를 두 개 쓰고 헬멧을 쓴 덕분에 머리는 다치지 않았고, 충격으로 쇄골이 부러진 것이다.

그날 헬멧은 깨지고 오토바이도 많이 부서졌었는데 이렇게 크게 사고가 난 줄 몰랐다. 영상을 확인한 나는 남편이 이렇게 살아있는 것만으로도 감사하다는 마음으로 바뀌었다. 지금까지 가족을 위해 열심히 일했으니 이번 기회에 푹 쉬라며 선심 쓰듯 말했다. 그렇게 보너스로 얻은 3개월 휴식 시간이 지나고 다시 일상으로 돌아왔다. 3개월 후 어깨에 박은 철심을 빼는 수술을 한 번 더 받아야 하지만 크게 문제가 될 것 없는 상황이기에 오늘도 아무 사고 없이 하루를 살 수 있음에 감사하며 살고 있었다. 그런데……

토요일 아침, 신랑은 볼일이 있다며 집을 나섰다. 아이와 함께 장난을 치며 놀고 있던 나는 남편의 전화를 받았다. 남편이 한 전화가 아니라 남편의 전화기로 119 구급대원이 건 전화였다. 교통사고였다. 이번에도 오토바이를 타고 가던 남편을 초보 운전자가 받은 것이다. 구급차는 남편을 병원으로 이송하는 도중에 나에게 전화를 걸어 상황을 알린 것이다. 너무 기가 막혔다. 어떻게 이럴 수가 있지? 교통사고 당한 지 얼마나 됐다고. 집에서 가장 가까운 병원 응급실로 간 구급차는 다른 병원으로 이동 중이라며 또다시 내게 연락했다. 며칠 전에 발생한 통신사 기지국 화재로 병원 전산 시스템이 마비돼서 환자를 받을 수 없다는 것이다. 뉴스에 나오는 사건, 사고는 나와는 상관없는 일이라고 생각했는데 이건 현실이었다. 구급대원은 이곳저곳 병원 응급실 상황을 알아보고 ○○병원으로 이동한다는 소식을 전했다.

병원으로 달려갔더니 남편은 검사받으러 갔고, 피 묻고 찢어진 옷가지들만 침대 밑에 쌓여 있었다. 순간 가슴이 덜컥했다. 잠시 후 통증으로 인상을 찡그린 남편이 나타났다. 다행이기도 하고 어이없기도 하고 원망스러운 마음에 아파서 신음하는 남편의 등을 주먹으로 때렸다. 이번 사고로 3개월 전에 수술받은 오른쪽 어깨가 쇠붙이가 끝나는 부분에서 다시 골절됐다. 쇠로 이어붙인 뼈 바로 아랫부분에 골절이 생겨 이미 박은 쇠를 제거하고 더 긴 쇠를 넣어야 한다는 것이다. 그런데 체구가 작고 살이 없어 쇠를 넣기 어려운 상황이라서 어찌해야 할지 고민이라고 의사는 말했다. 나는 평생소원이 '살 빼기'다. 이 세상에서 가장 부러운 사람이 날씬한 사람이었고 많이 먹어도 살 안 찌는 사람은 '축복받은 몸매'라며 부러워했다. 태어나면서부터 정해진 신체적 조건을 내 마음대로 바꿀 수 없는 현실을 안 나까워했다. 떡 벌어진 어깨와 굵은 허벅지를 원하는 사람이 있으면 일 초의 망설임도 없이 떼어 주고 싶은 마음으로 살았다. 그런데 신랑은 지금 너무 작고 말라서 수술하기 어려운 상황이라고 하니 부러워해야 할지, 안타까워해야 할지.

의사는 이렇게 똑같은 부위를 똑같은 경우로 다치는 사람은 처음 보았다며 웃음을 지었다. 웃는 의사를 보니 상태가 그렇게 심각하지 않다는 뜻으로 해석되어 조금 안심이 되었다. 남편은 7㎝ 정도 되는 첫 번째 핀을 빼고 13㎝ 정도 되는 핀을 다시 박았다. 유난히 툭 튀어나온 쇄골을 볼 때마다 어쩜 그렇게 희한한 우연의 주인공인지 어이없는 웃음이 나온다. 한국 교통안전공단에서 2010년 발표한 조사에 따르면 사람이 살아가면서 교통사고를 당할 확률이 35.2%, 교통사고로 사망할 확률은 1.02%라고 한다. 남편처럼 한 해에 두 번에 걸쳐 교통사고를 당할 확률은 얼마나 되며, 같은 부위를 다칠 확률은 또 얼마나 될까?

이 세상에는 수많은 우연이 있다. 긍정적이고 기분 좋은 우연도 있고, 반대로 좋지 않은 우연도 있다. 우연이란 내가 선택할 수도, 통제할 수도 없다. 하지만 모든 일을 우연에 맡기기에는 내 삶이 너무 소중하다. 소중한 내 삶을 지키기 위해서 최대한 조심하고 준비하며 우연이 아닌 필연의 삶을 살아야겠다.

제3장

책에서 나를 찾다

이 세상에 태어나 한평생을 살아가면서 자신만의 목표가 있을 것이다. 누군가는 돈을 많이 벌어 경제적 자유를 누리는 것이 목표일 것이고, 누군가는 건강이 최고니까 아프지 않고 사는 게 목표일 것이다. 또 누군가는 절대 돌아오지 않는 시간을 생각하며 지나고 난 뒤 후회하지 않도록 순간순간을 즐기며 사는 게 목표인 사람도 있다. 내가 어떤 목표를 가지고 있는가에 따라 삶의 형태가 정해진다. 음식도, 소비도, 여가 활동도 내가 정한 목표를 이룰 방법에 관심을 두고 선택한다. 일종의 프레임을 갖게 되고, 그 프레임에 맞게 사건을, 사물을 재해석하는 것이다.

> 프레임은 한마디로 세상을 바라보는 마음의 창이다. 어떤 문제를 바라보는 관점, 세상을 향한 마인드 셋, 세상에 대한 은유, 사람들에 대한 고정관념 등이 모두 프레임의 범주에 포함되는 말이다. 마음을 비춰보는 창으로써의 프레임은 특정한 방향으로 세상을 보도록 이끄는 조력자의 역할을 하지만, 동시에 우리가 보는 세상을 제한하는 검열관의 역할도 한다. (최인철, ≪프레임≫, 21세기북스, 11쪽)

내 인생 목표는 '참다운 내 모습 찾기'다. 내가 엄마 뱃속에 생겨난 그 순간부터 가지고 있었던 나의 고유한 모습이 어떤 것인지 그 모습을 찾는 것이 가장 큰 목표다. 자라면서 여러 가지 환경으로 인해 달라진 모습이 아니라 고유한 내 본래의 모습을 찾으면 자유로운 마음으로 살 수 있으리라 생각했다. 참다운 내 모습을 찾기 위해 여러 가지 방법을 썼다. 부모님과 대화하기, 심리 서적 읽기, 심리치료 그룹 작업하기, 성격 유형 검사하기 등등. '나는 누구인가?'라는 프레임으로 끊임없이 나를 바라보고 해석했던 것이다. 그리고 어느 순간부터 나는 조금씩 자유로워졌다. 아직 갈 길이 멀지만…….

1

나도 눈에 띄고 싶어

　내가 다닌 중학교는 신설 중학교였다. 새로 생긴 학교는 전통이 없기에 실력으로 명성을 쌓아야 한다고 교장 선생님은 월요일 조회 때마다 목소리 높여 주장했다. 선생님들도 교장 선생님의 열성에 발맞춰 아이들을 무지막지하게 다뤘다. 매일 아침 영어 100단어 시험을 봤다. 영어 단어 쓰기 50개, 뜻 쓰기 50개. 시험을 보고 채점한 후 틀린 문제는 몇십 번씩 써서 일명 '깜지'를 담임 선생님께 제출해야 했다. 다른 과목도 날마다 A4 용지 앞뒤에 깨알 같은 글씨로 깜지를 작성해야 했다.

　중3 때는 정규 수업이 끝나면 자율 학습을 하는데 자리를 바꾼다. 담임을 맡았던 한문 선생님은 악질 중에서도 악질이었다. 학생들을 복도에 성적 순서대로 줄 세운 후 일등과 꼴등, 2등과 59등, 3등과 58등 이런 식으로 짝을 지어 준다. 교실로 들어가 그날 정해진 과목을 공부해야 하는데 시작 전에 오른쪽에 앉은 친구는 그날 자율 학습이 끝나면 보는 시험에서 몇 점을 받을 것인지 목표 점수를 써낸다. 왼쪽에 앉은 친구는 오른쪽에 앉은 친구가 공부할 수 있도록 도와주어야 한다. 자율 학습이 끝나면 시험을 보고 자신이 써냈던 것보다 낮은 점수가 나왔을 경우, 오른쪽 친구에게 공부를 가르쳐줬던 왼쪽 친구가 앞으로 나가서 한문 수업을 할 때 만든 궤도에 쓰는 받침대로 맞는다. 오른쪽 친구는 자기 때문에 왼쪽 친구가 맞는 모습을 보면서 미안하고 자존심도 상한다. 학생 인권 존중이라고는 눈을 씻고 찾아봐도 손톱만큼도 찾을 수 없는 비인간적인 환경이었다.

이런 분위기였으니 선생님들 눈에 띄려면 죽어라 공부하고 성적이 좋아야 했다. 나는 성적이 상위권이었기에 선생님들께 지적을 받지는 않았지만 특별하지도 않은 그저 그런 아이였다. 우리 집은 아빠의 사고로 형편이 별로 좋지 않았고 늦게 태어난 남동생은 아직 어린 아기라서 엄마는 나에게까지 신경을 쓰지 못했다. 늘 혼자 생각하고 혼자 결정하는 조금은 일찍 철든 어른스러운 아이였던 나는, 사랑받고 싶고 관심의 대상이 되고 싶기는 했지만 그런 생각이 들 때마다 마치 내가 하면 안 되는 생각을 한 것처럼 화들짝 놀라며 스스로를 억눌렀다.

'엄마가 힘든데 어떻게 너한테까지 신경 쓰니?'

'유치하게 굴지 마. 너는 어른스럽잖아!'

'너보다 나쁜 환경에서 사는 사람들도 많아. 너는 지금 감정의 사치를 부리는 거야.'

불쑥불쑥 올라오는 사랑받고 싶은 욕구를 꾹꾹 누르며 지내던 어느 날, 학교에서 '영어 말하기 대회'를 한다고 했다. 참여하고 싶은 사람은 몇 월 몇 시에 ○○에서 1차 테스트를 보라고 했다. 단 영어로 말하는 동화는 자기가 쓴 창작물이어야 한다는 조건이 있었다. 나는 기회는 이때다 싶었다. 하지만 내 실력으로는 단 몇 줄이라도 영어로 동화를 쓰는 게 불가능했다. 발음과 외우는 게 문제가 아니고 원고를 쓰는 것 자체가 문제였다. 같은 반에 영국에서 살다 온 친구가 있었는데 몇몇 아이들은 자신이 써 온 원고를 그 친구에게 봐 달라고 부탁했다. 또는 영어 과외 선생님이 써 준 원고를 들고 온 아이도 있었다. 나는 자존심 때문에 친구에게도 부탁하지 않았고, 과외도 받지 않으니 스스로 해결해야 했다.

가장 간단한 방법은 영어 말하기 대회에 안 나가면 그만이다. 모든 학생이 의무적으로 해야 하는 행사도 아니었고, 원하는 사람만 참가하는 거였으니까. 하지만 나는 그 대회에 유난히 집착했다. 나도 목소리를 내고 싶었다. 나도 선생님들의 눈에 띄는 아이가 되어 관심을 받고 싶었다. '나'라는 아이가 여기 있다고 알리고 싶었다. 어떻게 해야 할지 고민하던 나는 방법을 찾았다. 엄마에게 영어 말하기 대회에 나가야 해서 영어 동화책을 사야 한다고 돈을 받았다. 버스를 타고 시내 중심에 있는 서점에 갔다. 빨간색 표지에 얇은 영어 동화책이 시리즈로 있었다. 자세히 살펴보고 내가 아는 단어가 많이 들어가 있는 책을 한 권 골랐다. 집으로 돌아와 책의 내용 중 일부를 공책에 적었다. 그리고 열심히 외웠다.

'설마 영어 선생님이 이 많은 영어 동화책 내용을 다 알겠어?'

드디어 영어 말하기 대회 테스트를 하는 날, 교실 안에서는 먼저 온 아이들이 영어 선생님과 몇 분 선생님들 앞에서 실감 나게 이야기하고 있었고, 복도에는 여러 명의 아이가 줄을 서서 대기하고 있었다. 마치 외국인인 듯 유창하게 말하는 아이도 있었고, 외운 것을 잊어버려 더듬거리는 아이도 있었다. 점점 내 차례가 다가올수록 마음이 콩닥콩닥 뛰었다. 기억이 안 날까 봐, 발음이 안 좋다고 하실까 봐, 무엇보다 내가 직접 쓴 내용이 아니라는 걸 들킬까 봐. 내 차례가 되어 영어 선생님 앞에 선 나는 외운 대로 말하기 시작했다. 처음에 무표정하던 선생님의 얼굴이 살짝 변하는 것이 보였다. 그 순간 머릿속이 새까맣게 변하면서 아무것도 생각나지 않았다. 달랑 서너 문장을 말했을 뿐인데. 당황하고 어쩔 줄 몰라 쭈뼛거리고 있는 나에게 영어 선생님은 천천히 다시 해 보라고 하셨다. 하지만 속마음을 들킨 나는 더 이상 아무 말도 할 수 없었다. 잠시 후 선생님은 말했다.

"왜? 생각이 안 나니?"

"예……."

"원고 네가 직접 쓴 거 맞아?"

"……예? 예……."

"그렇구나. 이따가 생각나면 다시 할래?"

"예……."

결국 나는 1차 테스트에서 떨어졌다. 영어 선생님은 내 원고에 대해서 그 이후에도 아무런 이야기를 하지 않았다. 하지만 나는 영어 선생님만 보면 피하기 바빴다. 영어 선생님 눈에 띄지 않기 위해 최대한 노력했다. 영어 시간에 절대 손들지 않았고 숙제도 꼬박꼬박해서 중간에 내고(너무 먼저 내거나 늦게 내면 눈에 띌까 봐), 시험공부도 열심히 하고(성적이 나쁘면 불려가니까). 영어 선생님이 내 원고가 책을 보고 베낀 것이었다는 사실을 알고 있었는지는 모른다. 하지만 내 양심이 스스로 내 행동에 대해 질책하고 판결을 내린 것이다. 누군가가 내 잘못을 들춰내서가 아니라 나 스스로 내 마음을 가둔 것이다. 마음 깊은 곳에서 사랑받고 관심받고 싶었던 욕구가 산산이 부서진 사건이었다. 이제는 눈에 띄는 것보다 최대한 눈에 띄지 않아야 하는 상황이 된 것이다. 어리석은 행동 덕분에 자신의 욕구를 똑바로 바라보는 지혜가 조금 생겼다. 지금 내 영어 실력은? 당연히 비밀이다.

2

내가 모르는 낯선 나

자신을 표현해 보라! 나는 착하다, 나는 성실하다. 적극적인 성격이다. 나는 빨간색을 좋아한다. 나는 욱하는 성질이 있다. 나는 불의를 보면 못 참고 덤벼든다. 나는 비겁하게 행동할 때가 있다. 내가 가장 소중하게 생각하는 것은 '나 자신'이다. 나는 이기적이다. 나는 잠 못 자서 피곤할 때 짜증을 많이 낸다. 내가 가장 좋아하는 음식은 두부 요리다. 등등

자신을 나타내는 말이 많을 것이다. 자기가 누구인지 아는 것은 참 중요하다. 자기 자신에 대해 잘 알고 인정한다면 살아가면서 인간관계를 맺거나 어떤 일을 선택할 때 도움이 된다. 무엇보다 자기 스스로 받는 스트레스로부터 조금은 자유롭다. 하지만 나 자신을 이렇게 표현하기까지 많은 시간이 걸렸다.

아주 어릴 때부터 일 다니는 엄마를 대신해 동생 두 명을 돌보고 집안일을 했다. 막 돌 지난 둘째 동생을 포대기로 등에 업고 4살 동생 손을 잡은 채 엄마가 돌아오길 기다리며 신작로까지 걸어가노라

면 붉게 노을이 지며 해 지는 풍경이 펼쳐졌다. 길 양옆으로 펼쳐진 논과 석양이 지는 모습은 참 예뻤다. 부지런히 걸어오는 엄마의 모습이 저 멀리서 보이면 내 손을 잡고 있던 동생은 엄마를 향해 뛰어갔다. 나와 동생은 그날 있었던 일을 재잘거리며 집으로 돌아왔다. 엄마와 함께 집으로 걸어가는 길이 따뜻하고 행복했다.

중고등학교 시절까지도 경제적으로는 어려웠지만 정서적으로는 안정적인 환경이라고 생각했다. 맏딸이라는 책임감 때문에, 착한 아이라는 주위의 평가 때문에 나도 모르는 사이 나 자신을 억압하고 있었다는 것을 알기까지 나는 일찍 철이 든 아이였고, 부모님 걱정 시키지 않는 기특한 아이였다. 내가 하고 싶은 것, 먹고 싶은 것이 있어도 주장하지 않고, 미리 부모님 입장에서 생각해 포기하곤 했다. 직장 다니면서 재수 학원 다닐 때도, 대학 등록금도 모두 내가 벌어서 해결했고 적은 돈이라도 모아서 부모님을 도와드리는 착한 딸이었다. 그렇게 착한 딸로 살던 나는 서서히 삐딱해졌다.

계속되는 통증으로 병원에 다니는 횟수기 늘었다. 진단명은 '신경성 위궤양'이었다. 음식을 먹기 힘들 정도로 통증이 심하고, 먹은 음식을 토하는 경우가 생겨 입원 치료를 받기도 했다. 의사는 "젊은이가 무슨 신경 쓸 일이 그렇게 많으냐"라며 마음을 편안하게 하라고 했지만 나 자신도 내가 무엇 때문에 신경성 위궤양에 걸릴 정도로 스트레스를 받는지 알지 못했다. 몸이 아프니 짜증을 자주 내고, 찌푸린 얼굴로 다니니 하는 일마다 잘 안 되고, 일이 잘 안 풀리니 또 짜증이 나고 정말 악순환이었다. 사사건건 가족들에게 화를 내고, 갑자기 분노가 폭발해 동생들은 슬금슬금 나를 피했다. 그렇게 한바탕 소란을 피우고 나면 내가 왜 그랬는지 나 자신도 이해할 수 없었다.

커다란 돌덩이가 나를 짓누르고 있는 것처럼 늘 가슴이 답답했다.

이런 상태로는 더 이상 못 살 것 같았다. 어떻게 해야 할지 정확한 방법은 모르겠지만 일단 사람의 심리에 대해 연구한 심리 서적을 읽기로 했다. 평소 정신 분석이나 심리에 대한 책을 좋아하는 편이어서 몇 권 읽기는 했지만 흥미로 읽었을 뿐 필요성을 느끼지는 않았었다. 그런데 이제는 정말 나에게 필요한 분야의 책이라는 생각이 들었다. '융 심리학 해설', '성격 유형에 따른 영성과 기도생활', '재미있는 심리학 이야기?' 등 책 한 권을 읽으면 그 책에 인용된 책을 읽는 방법으로 열심히 읽었다. 그렇게 책을 읽으면서 조금씩 무엇이 문제인지 보이기 시작했다. 어디서부터 잘못된 건지 실마리를 찾을 수 있을 것 같았다. 그동안 내가 알고 있던 내가 아니라 낯선 내가 되어 버린 이유를 찾을 수 있을 것 같은 희망이 생겼다. 책을 읽다 보니 혼자서 책을 읽는 것만으로는 한계가 있다는 생각이 들었다. 그래서 MBTI 검사, 에니어그램 검사, 성격 유형 검사 등 자신의 성향을 분석하는 검사도 했다.

내가 삐딱해진 원인은 바로 '억압된 감정'이었다. 나는 원래 착하고 기특한 아이가 아니었다. 이기적이고 개인적이며 무엇보다 내가 가장 소중하다고 생각하는 성향의 사람이었다. 내가 가장 많이 사랑받고 싶고, 소유하고 싶은 욕구가 큰 사람이었다. 원하는 것을 얻기 위해 수단과 방법을 가리지 않고 들이댈 수 있는 약간은 무모한 정신의 소유자였다. 그런 내가 어릴 때부터 자신의 욕구를 억누르며 살았던 것이다. 착한 아이가 되기 위해 무던히 노력하며 애쓸 때마다 이유도 모른 채 자신을 학대하고 있었음을 알게 되었다. 그러면서 자기 자신에 대한 환상을 가졌고, 그 환상이 깨질 때마다 갈등하고 자신의 모습을 부정하며 스트레스를 받았던 것이다. 학창 시절에는 잘 몰랐지만 사회에서 내가 선택할 수 있는 기회의 폭이 넓어지자 그동안 억눌렀던 감정이 폭발하기 시작했던 것이다.

처음에는 내가 원래 이런 사람이라는 사실을 인정할 수 없었다. 그 사실을 인정하면 나는 정말 '나쁜 사람'이 되고, 그런 사람은 사랑받을 수 없을 것 같다는 두려움이 컸다. 이론적으로는 원래 자신의 모습을 인정하고 받아들여야 한다고 생각하면서도 막상 현실에서는 '착한아이 콤플렉스'에서 벗어나기 어려웠다. 지금까지 내가 했던 익숙한 행동을 바꾼다는 것이 어려웠다.

그런 과정 중에 가장 큰 힘이 된 건 바로 엄마였다. 엄마는 심리학에 대해서 아무것도 모르는 사람이지만 내가 겪고 있는 과정을 이해했다. 그러면서 내가 기억하지 못하는 어린 시절에 있었던 '나'다운 사건을 여러 가지 이야기해 주셨다. 심리적으로 엄마의 든든한 지원을 받으면서 병행한 것이 '심리치료 그룹 작업'이었다. 낯선 이들과 함께하는 작업이 얼마나 효과가 있을까 하는 의구심을 갖고 시작했지만 그 성과는 생각보다 컸다. 낯선 이들 앞에서는 가족들 앞에서보다 오히려 나를 솔직하게 보여 주기가 쉬웠다. 목적이 있는 만남이기에 일정 기간이 지나면 다시 안 볼 거라는 전제가 마음을 열고 용기를 낼 수 있게 했다. 그룹 작업을 통해 '나쁜 사람'이라고 생각했던 나 자신을 인정하고 '나쁜 사람'이 아니라 '다른 사람'으로 자신을 인식하게 되었다. 그룹 작업을 이끌어 주시던 수녀님께 너무 감사했다.

서서히 자신을 인정하면서부터 그렇게 심하던 통증도 줄어들었다. 내가 하고 싶은 것에 대해, 내 마음 상태에 대해 한 번, 두 번 표현하는 연습을 하다 보니 다른 사람의 눈을 의식하는 것이 조금씩 사라졌다. 다른 사람의 평가에 신경을 곤두세울 필요가 없어지니까 피곤함도 줄었다. 자신감이 생기고 만족감을 느끼니까 표정도 밝아지고, 마음이 가벼워지니 건강도 좋아지고 하는 일도 술술 풀리는 선순환이 이루어졌다. 너무 신기했다. '나'라는 사람이 이렇게 달라질 수 있다는 사실이. 단지 있는 그대로의 자신을 인정했을 뿐인데 너무 많은 변화가 생긴 것이다. 내가 처한 물리적 환경이 달라진 것도 아닌데 똑같은 환경에서 전혀 다른 감정으로 살게 된 것이다.

'내가 만약 책을 읽지 않았다면 지금 어떤 모습으로 살고 있을까?'

생각만으로도 끔찍하다. 아마도 까칠하고 짜증 내고 매사에 부정적인 사람, 만나면 에너지를 주는 것이 아니라 나와 만나는 사람의 에너지까지 없애버리는 사람, 함께 있으면 불편하고 빨리 자리를 벗어나고 싶은 사람으로 살고 있지 않을까? 물론 지금도 나는 계속 성장하려고 노력 중이다. 완벽한 사람은 없으니까. 하지만 나의 불완전함 때문에 불행하지는 않다.

3

새로운 도전

　'직장 유목민'이라고 스스로 이름 붙일 정도로 직장을 찾아 여기 저기 헤맸다. 내 의지로 그만둔 경우도 있지만 회사가 문을 닫아 직장을 잃은 적이 더 많다. 실업 상태가 반복될수록 마음은 조급해지고 선택의 기회도 줄어들었다. 더욱 곤란한 건 자존감이 떨어진다는 것이었다.

　'왜 나만 이렇게 인생이 안 풀리는 거야?'

　'내가 뭐가 부족해서 이렇게 힘들게 살아야 하는데?'

　'도대체 뭘 어떻게 해야 하는 거지?'

　생각할수록 나 자신에게 화가 나고 내 운명에 화가 났다. 내가 가난한 집에 태어난 것도, 우리 부모님이 능력 없는 사람이라는 것도 못마땅했다. 세상을 향해 원망을 쏟아 내고, 나 혼자 세상 모든 고민을 짊어진 사람처럼 지냈다. 그러다가 '나 찾기'를 했다. 책을 읽으면서, 각종 심리치료 도구를 사용하면서, 그룹 작업을 통해서. 역시 인간은 최종적으로 사람과 사람이 맺는 관계를 통해 변화된다는 것을 절실하게 느꼈다.

조금씩 내 모습을 인정하고, 자존감이 회복되면서 마음의 여유가 생겼다. 또다시 직장을 찾아야 하는 상황이었지만 이제는 '돈' 때문에 직장을 구하지 않기로 마음먹었다. 그즈음 읽은 책 중 ≪일본의 직업 소개≫가 있었다. 그 책을 보고 깜짝 놀랐다. 내가 알고 있는 직업은 겨우 20~30개 정도였는데 그 책에 소개된 일본의 직업은 (1997년에) 1만 개가 넘었다. 믿을 수 없었고 새로운 세상을 보는 것 같았다. 지금까지 나에게 세상이 이렇게 넓다는 것을 알려준 사람이 없었다는 사실이 너무 안타까웠다. 넓은 세상에서 다양한 일을 하는 사람들이 있다는 사실을 모른 채, 그저 우물 안 개구리처럼 살고 있었다는 것이 속상했다.

　물론 그 책에서 제시한 직업 중 황당한 직업도 있었고, '직업은 어느 정도 안정된 경제적 수입이 있어야 한다'는 나의 고정관념에 맞지 않는 직업도 많았다. 이색 직업을 갖고 있는 사람들이 인터뷰한 내용도 중간중간 있었는데 모두가 자신이 하고 있는 일에 만족한다는 내용과 환하게 웃는 모습이었다. 지금까지 내가 직장 생활을 했던 모습을 되돌아보니 나는 그런 경험이 거의 없었다. 내가 직업을 가져야 했던 첫 번째 이유는 물론 '돈' 때문이었다. 두 번째는 누구나 다 어른이 되면 직업을 갖고 일해야 한다는 '고정관념'이었다. 또 좋은 직장이 곧 나 자신의 위치를 평가한다는 생각이 있었기 때문에 근사하고 안정적인 직장을 구하고 싶었던 것이다.

　그때부터 '내가 진정으로 원하는 것은 무엇인가?'라는 질문에 빠져들었다. 내가 어떤 사람인지, 내가 무엇을 원하는지 알아야 앞으로 남은 내 인생을 적극적으로, 즐겁고 행복하게 살 수 있을 것 같았다. 하지만 어디에서부터 무엇을 시작해야 할지 도무지 감을 잡을 수가 없었다. 내가 할 수 있는 일이 무엇인지, 어떤 일을 하면 잘할 수 있는지 나 자신에 대한 확신과 믿음도 부족했다. 그렇다고 다시 다른 사람들의 평가에 신경을 곤두세우며 스트레스로 생긴 병을 치료하면서 살고 싶지는 않았다.

가장 먼저 시작한 것이 도서관으로 출근하기였다. 날마다 집에서 가까운 시립 도서관에 갔다. 이것저것 제목이나 목차를 훑어보고 마음에 드는 책이 있으면 읽었다. 대부분 인간관계를 다룬 심리 서적이나 대화법 관련 책이었다. 대화법에 대한 책을 읽으면서 나 자신과 대화했다. 혼자서 묻고 대답하는 내용을 노트에 메모했다. 어느 정도 하다 보니 서서히 '나'라는 사람이 객관적으로 보이기 시작했다. 점점 내가 하고 싶은 일이 무엇인지 윤곽이 드러났다. 전혀 생각해 보지 않았던 일이었다. 그것은 아이들에게 글쓰기를 가르치는 '독서지도사'였다.

'내가 할 수 있을까?'

'우리나라에는 아직 독서지도사라는 직업이 활성화되어 있지 않은데 일할 곳이 있을까?'

'경제적 수입이 없을 때 언제까지 계속할 수 있을까?'

고민에 고민을 하고 일단 도전하기로 마음먹었다. 뜻이 있는 곳에 길이 있다고 했던가! 관심을 갖고 둘러보니 그동안 안 보였던 많은 것이 눈에 들어왔다. 독서지도사가 국가 자격증이 아니고 민간 자격증이기에 평생교육원이나 문화센터, 자치센터 등에서 양성 과정을 진행하는 곳이 여러 군데 있었다. 가장 먼저 대학교 평생교육원에서 진행하는 '독서지도사 양성 과정'에 등록해 자격증을 취득했다. 그리고 일할 곳을 알아보다가 우연히 '글사임당'이라는 아주 작은 글쓰기 업체를 알게 됐다. 내가 사는 곳에서부터 약 3시간 걸리는 거리였지만 열심히 다녔다. 처음으로 출근하는 게 기다려지고 가슴이 설렜다. 소규모 회사라서 일하는 환경은 열악했지만 부족한 부분은 내 열정으로 채우면 된다고 생각했다. 무엇이든 한번 마음먹으면 앞만 보고 달리는 내 성격이 한몫했다. 일단 새로운 일에 도전했으니 끝까지 가 보고 아니면 미련 없이 돌아선다는 마음으로 날마다 동화책을 읽고 어떻게 수업을 진행할 것인지 연구하고 메모하고 교안을 작성했다. 책 한 권마다 내가 만든 자료가 몇 가지씩 있었다. 작은 회사의 장점은 부족함을 채우기 위해 선생님들이 서로 머리를 짜내는 과정에서 많은 것을 빠르게 내 것으로 만들 수 있다는 것이었다. 같이 일하는 선생님 중 내가 만든 자료를 필요로 하는 숫자가 늘어갔다. 서로 자기 것을 내놓고 도와주면서 끈끈한 동지애가 생겨 직장생활이 즐거웠다. 수업이 끝난 후 밤늦은 시간에 잠깐 모여 저녁을 먹을 때도 일 이야기만 했다. 시간 가는 줄 모르고 일했지만 결국 회사는 더 이상 운영할 수 없게 되어 문을 닫았다. 나에게는 또다시 도전해야 하는 순간이었다.

'자기가 좋아하는 일을 직업으로 가지고 있는 사람은 행복하다.'

내가 좋아하는 일을 찾았고, 그 일을 직업으로 선택했는데 얼마 못 가 또다시 직장 유목민이 되고 싶지 않았다. 다행히 나와 함께 수업했던 아이들의 부모님은 내가 계속 수업해 주길 원했다. 정성을 들이면 통하는 법인가보다. 회사는 폐업했지만 나는 그때부터 개인 브랜드로 계속 일했다. 혼자 모든 것을 책임져야 하기에 직장에 소속되어 있을 때보다 더 열심히 했다. 그만큼 보상도 따라왔다. 너무 행복했고 새로운 일에 도전하길 잘했다는 생각이었다.

살아가면서 크고 작은 일에서 도전해야 할 때가 많다. 새로운 도전이란 항상 두렵고 떨리지만 동시에 묘한 흥분도 느끼게 된다. 도전을 통해 좋은 결과를 얻으면 금상첨화지만 설령 그렇지 못했을 경우에도 도전했던 과정이 결코 헛되지 않는다고 믿는다. 도전해서 실패한 경우가 문제가 아니라 도전하지 않는 것이 더 문제라고. 지금 이 순간에도 '책 쓰기'에 도전하고 있는 나 자신을 칭찬한다.

4

도대체 뭐가 문제냐고

'생각연필'이라는 개인 브랜드로 일한 지 어느새 20년이 넘었다. 그동안 수많은 아이를 만났고, 보람을 느낀 경우도 많았다. 처음에는 새로운 일을 시작해 어려움이 많았다. 아직까지 독서와 글쓰기를 사교육으로 가르쳐야 한다고 생각하는 부모님들이 많지 않았다. 글자를 읽을 줄 알면 당연히 책을 읽을 수 있고, 책을 읽었으면 독후감 정도는 쓸 수 있는 것 아니냐고 생각했다. 영어, 수학은 학원에서 배우는 것이 당연했지만 독서와 글쓰기를 학원에서 배우는 것은 이상하다고 생각했다. 당연히 수업받을 학생이 적으니 수입이 얼마 되지 않았다. 서울에서 수원까지 출퇴근 교통비로 쓰기에도 부족한 금액이었다. 일 자체는 좋지만 수입이 없는 상태가 계속되니 따라오는 어려움이 많았다.

그래도 내가 좋아하는 일을 한다는 사실로 그 시간을 버틸 수 있었다. 끊임없이 동화책을 읽고 나름대로 생각하고 또 생각하며 만든 매뉴얼로 수업하다 보니 차츰 수강생이 늘어났다. 수강생이 늘어나면서 경제적인 어려움도 해결됐다. 내가 읽고 정리한 동화책이 천 권이 넘고 시간이 부족해 수강생을 못 받을 정도로 안정권에 접어들었다. 그동안 고생한 보람이 있었다. 나 자신이 대견하고 기특했고, 내가 하는 일에 대한 자신감과 뿌듯함이 쑥쑥 올라갔다.

처음에는 시간적으로 경제적으로 안정된 사실이 마냥 감사하고 좋았다. 지금까지 앞만 보고 경주마처럼 달렸으니 이제는 조금 천천히 주변을 돌아보며 가자는 생각이 들었다. 처음과 같은 열정은 조금씩 줄어들었다. 하루에 2~3권씩 동화책을 읽고 교재를 연구하던 것에 조금씩 소홀해졌다. 수업 준비에 사용하는 시간보다 즐거움에 사용하는 시간이 늘어났다. 처음에는 노련함이 없으니 열정으로 채웠는데 이제는 열정이 빠져버린 자리를 노련함으로 채우는 상황으로 바뀌었다. 한 해 두 해 열정이 시들어 버린 시간이 계속됐다. 동화책을 읽어도 책을 덮고 나면 주인공 이름이 헷갈리고 교재 연구도 대충대충 했다. 교육이나 대화법에 대한 책을 읽어도 예전에는 책 내용이 마치 나를 위해 쓴 책인 듯했는데 이제는 내가 전문가인 양 그저 이론으로만 들렸다. 특별한 감흥도 없고 끓어오르는 열정도 없었다. '안정감'이라는 우물에 갇힌 것 같았다. 하지만 거기서 벗어나고 싶지 않았다. 안정감에서 벗어나면 또다시 힘든 삶을 살게 될까봐 두려웠다. 이제는 나도 나이를 먹었으니 예전과 같은 상황이 되풀이된다면 그때처럼 할 수 없을 것이라는 생각이 들었다. 지금의 상황이 특별히 나쁜 것도 아니고 싫은 것도 아닌데 억지로 상황을 바꾸려고 할 필요가 뭐가 있을까?

마음에서부터 샘솟는 기쁨이 없으니 외부에서 그 기쁨을 찾으려고 했다. 아이에게 넓은 세상을 보여 주겠다는 계획으로 주말마다 뮤지컬 관람, 체험형 공연, 여행을 다녔다. 다양한 것을 경험한 아이는 사고가 확장되고 자존감이 올라간다고 주장하며 열심히 돌아다녔다. 남들은 그런 나를 '대단한 엄마'라고 칭찬하고 부러워했다. 하지만 그런 행동의 깊은 동기는 그동안 내가 누리지 못했던 것을 '아이'라는 방패를 앞세워 내가 대신 누리고 있었던 것이다. 지금까지 내가 누려보지 못한 여유를 아이에게 주고 싶었고, 그런 과정을 통해 나 자신도 혜택을 누리고 싶었던 것이다. '나'보다 '아이'를 위해 사용하는 시간과 돈은 가치 있는 소비라고 주장하면서. 하지만 마음 한쪽이 공허하고 맹숭맹숭하고 진정한 기쁨이 없는 무미건조한 상태가 계속됐다. 도대체 뭐가 문제일까?

출연자의 고민을 상담해 주는 텔레비전 프로그램이 있었다. 이영자, 신동엽이 진행하는 프로그램이었는데 사연을 보낸 사람을 스튜디오에 출연시켜 고민을 상담해 주는 내용이었다. 그날 사연을 보낸 사람은 항상 여행만 다니는 아들 때문에 고민인 엄마의 사연이었다. 주인공인 아들이 스튜디오에 등장했다.

"○○ 씨, 여행을 좋아하세요?"

"예. 여행을 다니면 제가 행복해요."

"그럼 여행을 하는 목적이 뭐예요?"

"사람들이 살아가는 모습은 어떻게 다른가 그런 걸 알고 싶어요."

"그럼 여행하면서 목적을 찾았어요?"

"사람들이 이렇게 살고 있구나. 외국 사람들도 사는 건 다 비슷하구나. 뭐 그런 생각을 했어요."

"이제부터 ○○ 씨는 어떻게 살기로 계획했나요?"

"다른 사람들은 어떻게 사는지 보기 위해서 또 여행을 가려고 해요."

결론적으로 프로그램 진행자들은 여행 중독인 젊은이를 설득하지 못했다. 젊은이는 자신이 진짜 여행하고 싶은 이유가 무엇인지를 알지 못하는 듯했다. 허전한 마음을 채우기 위해 끝없이 돌아다니는 것일 뿐.

나 역시 원하던 것을 이루고 나니 마음이 허전했다. 더 이상의 열정도 없고, 더 이상의 목표도 없었다. 현실에 만족하고 그 현실이 깨지지 않도록 유지하는 게 목적이었다. 그런데 그게 내 삶을 무미건조하고 의욕 없게 만들었다. 목표 없는 사람에게는 그 어떤 자극도 움직이게 하는 동력이 되지 못했다. 이런 상태로는 계속 지낼 수 없었다. 내가 하는 일에 대해서는 자신감이 있었지만, 내가 잘 모르는 분야에 눈을 돌리기 시작했다. 20년 전 ≪일본의 직업 소개≫라는 책을 읽고 느꼈던 넓은 세상이 다시 필요한 시점이었다. 늘 그랬던 것처럼 나는 필요한 것이 있으면 먼저 책을 읽는다. 그동안 소홀했던 도서관 출근을 다시 시작했다. 도서관에서 오랜 시간 책을 읽었다. 도서관이 가까운 곳에 있으니 얼마나 좋은가! 나는 아이들이 학교를 마치고 집으로 돌아와야 일을 시작하기에 오전은 온전히 내 시간이었다. 새롭게 열정을 불태울 수 있는 것을 찾기로 마음먹은 날, 한동안 잊고 살았던 설렘이 스멀스멀 피어올랐다.

5

자기 계발서를 펴다

어릴 때부터 책 읽기를 좋아하는 편이었다. 독서하는 방법에 대해 배운 적도 없고, 어떤 책을 골라서 읽어야 하는지 선정 기준도 없었다. 그저 손이 가는 대로 읽었고, 나에게 필요하다고 생각하는 분야의 책을 읽었다. 어떤 책은 너무 어려워서 도대체 무슨 말인지 알아듣지 못할 때도 있었고, 어떤 책은 그다지 좋은 내용이 아니지만 단순히 호기심을 채우느라 읽기도 했다. 힘든 상황에 있을 때 책을 읽으면 그 현실을 잊을 수 있어서 좋았고, 직접 경험할 수는 없지만 내가 원하는 모습으로 나를 만들 수 있어서 좋았다. 또 책을 읽고 있으면 근사하고 교양 있는 사람처럼 보일 것 같은 기대감과 눈에 띌 정도는 아니지만 내가 조금씩 성장하는 것을 느껴서 만족감이 높았다. 그렇게 여러 가지 이유로 꾸준히 책을 읽었지만 절대 마음으로 받아들이지 않는 분야가 있었는데 바로 '자기 계발서'였다. 자기 계발서를 읽으면 마음속에서 반발심이 먼저 생겼다. 한때 ≪미라클모닝≫, ≪끌어당김의 법칙≫, ≪시크릿≫ 같은 책이 베스트셀러였다. 나는 그런 책을 읽으면서 마음속으로 계속 반대하고 저자를 향해 혼잣말로 중얼거리고 있었다.

'말도 안 되는 소리 하네. 그렇게 간절히 원하고 생생하게 이미지화해서 성공할 것 같으면 이 세상에 성공 못 할 사람이 어디 있겠어?'

'그렇게 확신을 가지고 말하는 저자는 그럼 원하는 만큼 성공한 거야?' 등등.

왜 유난히 자기 계발서에 대해 거부감을 갖고 있었는지 모르겠다. 다른 사람들의 말을 열린 마음으로 받아들이지 못했던 것이다.

열정을 반납하고 안정을 얻고 난 후, 마음이 건조해지고 점점 감수성도 말라가는 나를 그냥 두면 안 될 것 같았다. 도서관에서 지금까지 멀리했던 자기 계발서로 분류된 책을 읽기 시작했다. 처음에는 마음이 썩 내키지 않았다. 하지만 나에게는 뭔가 새로운 변화가 필요했다.

나는 성격이 급하고 에너지가 많은 사람이다. 무엇인가 내가 헌신할 수 있는 것이 있을 때 더 열심히 움직이고 생기가 돈다. 현실적으로 내가 선택할 수 있는 게 무엇일까 생각하고 선택한 게 자기 계발서 읽기였다. 한 권 두 권 읽다 보니 예전에는 몰랐던 것들이 내 마음을 흔들었다. 대부분의 자기 계발서는 실천을 전제로 한다. 자신의 삶을 바꾸기 위해 작은 것부터 하나씩 도전하고 꾸준히 실천하라고 했다. 새벽에 일찍 일어나 시간 활용하기, 자신의 나쁜 습관 하나씩 고치기, 관심 분야에 대해 공부하기 등 각 책에서 저자가 실천하라고 제시하는 내용도 다양했다. 공통적으로 자기 계발서 저자들은 그런 실천으로 자신의 삶이 어떻게 바뀌었는지에 대해 이야기했다. 참으로 놀라운 사람이 많았다. 나도 작은 일부터 하나씩 실천했다. 그러자 나에게 여러 가지 변화가 나타났다.

어느 순간부터 책이 재미없게 느껴졌었다. 늘 비슷한 이야기를 하고 있구나 싶었고, 어떤 때는 이미 도서관에서 빌려 읽은 책인데 전혀 기억하지 못하고 다시 빌려온 경우도 종종 있었다. 똑같은 책을 세 번 빌린 적도 있었다. 책을 읽다 보면 왠지 익숙하고 어느 정도 읽다가 이미 읽은 책이었다는 사실을 깨닫고는 어이없어할 만큼 책을 건성으로 읽는 경우가 많았다. 그런데 이제는 읽은 책 목록을 메모하고 관리하기 시작했다. 그리고 책을 빌릴 때도 아무거나 손에 잡히는 대로 빌리지 않고 분야를 정하고 계획을 세워 빌렸다. 그렇게 했더니 읽고 싶은 책 목록이 점점 늘어났고 도서관에 가는 것이 재밌어졌다.

그동안 내가 읽은 책은 대부분 도서관에서 빌린 책이었다. 아이들 수업하는 데 필요한 동화책을 사는 것만으로도 돈이 많이 들어가는데, 내가 읽을 책까지 돈 주고 사는 건 부담이고 아까웠다. 빌려서 읽는 책에는 내 마음대로 표식을 남길 수가 없어서 최대한 깨끗하게 읽으려고 했다. 너무 깨끗하게 읽어서 내 머릿속에서도 깨끗하게 지워졌던 것일까? 이제부터는 일단 책을 사기로 했다. 내 책이니까 내 마음대로 줄 긋고, 메모하고 접는 등 책을 읽으면서 적극적으로 흔적을 남겼다.

그런 작은 행동의 변화는 내 기억력도 변화시켰다. 책을 읽고 나면 적어도 한두 가지는 머릿속에 오래도록 남았다. 늘 혼자 하는 책 읽기였는데 누군가 함께 읽고 이야기를 나누면 좋겠다는 생각이 들었다. 그래서 주변에서 함께 독서 모임을 할 사람을 찾았다. 놀랍게도 내 주변에는 그런 사람이 없었다. 나에게 아이들 수업을 맡긴 엄마들은 책 읽기의 중요성을 아는 사람들이기에 내가 독서 모임을 하자고 제안하면 수용할 줄 알았다. 그런데 아니었다. 진심이 무엇인지는 모르겠지만 함께 책 읽고 나누는 모임은 부담스럽다고 했다. 결국 몇 번 모임을 결성하려고 해 본 후 포기했다. 그래서 내가 모임을 만들려고 하지 말고 이미 만들어진 모임에 참석하기로 했다.

유유상종(類類相從)이라고 하지 않았던가! 독서 모임에 갔더니 거기에는 책 읽는 사람들만 있었다. 처음 참석한 독서 모임은 서강대 철학 교수님이 ≪시경≫을 읽고 풀이하는 방식의 모임이었다. 커피 한 잔 정도의 금액으로 훌륭한 분들의 강의를 몇몇 사람이 모여서 들을 수 있다는 사실이 고맙고 좋았다. 도서관에서도 정기적으로 한 권의 책을 읽고 문학적으로 해석하는 모임이 생겨서 참석했다. 두 곳 모두 강의는 좋았지만 내가 원하는 방식은 아니었다. 이제 막 자기 계발서에 눈뜬 나에게는 강한 유대감으로 서로에게 동기를 유발해 줄 수 있는 모임이 필요했다. 여러 가지 방법으로 알아보다가 내가 원하는 방식으로 진행되는 독서 모임을 알게 되었다. 대부분 지정 도서가 자기 계발서였다. 모임에 참석한 사람들에게서 뜨거운 열정이 느껴졌다. 낯선 분위기에 조금 어색하기도 했지만 곧 적응했고, 서로 돕는 모습이 좋았다. 책 읽기가 자신의 성장만을 위한 것이 아니라 타인의 성장을 돕는 도구가 된다는 사실이 신선한 충격이었다. 새로운 목표가 생겼다. 책 읽기로 다른 사람들에게 좋은 영향을 끼치고 싶다는. 그러기 위해서 더 많은 책을 진짜 열심히 읽어야겠다는 목표. 새벽 일찍 일어나 날마다 책을 읽었다. 책을 읽으면서 수없이 줄 긋고 메모했다. 줄 긋고 메모한 것을 다시 노트에 정리했다. 재미있었다. 시들어 가던 식물이 비를 맞고 생생해지듯이 내 마음도 자기 계발서로 다시 불타오르기 시작했다.

6
대단한 사람들이 너무 많아

삼성전자에서 10년 넘게 연구원으로 근무하던 나는 갑자기 인생의 길을 잃고 헤매는 자신을 발견하고 회사를 그만두고 부산으로 내려왔다. 3년 동안 세상과 단절하고 책만 9000권을 넘게 읽었다. 그러자 자신도 상상하지 못했던 에너지가 폭발하듯이 뿜어져 나오기 시작했고 작가의 삶을 살게 되었다. (≪기적의 인문학 독서법≫, ≪뜨거워야 움직이고 미쳐야 내 것이 된다≫ 등 20여 권이 넘는 책의 저자 김병완에 대한 소개글에서)

자기 계발서는 수준이 낮고 너무 현실적이거나 반대로 현실을 인정하지 못하고 뜬구름 잡는 이야기만 한다는 편견을 갖고 있던 내가 자기 계발서를 본격적으로 읽기 시작했다. 책을 읽을 때 누구나 자기만의 기준을 갖고 책을 선정하는데, 나는 한 작가의 책을 계속 읽는 편이다. 한 작가의 책을 읽다 보면 그의 주장이나 문체, 색깔을 보다 자세히 알 수 있어서 좋다. 한 작가의 작품을 계속 읽다 보면 나중에는 비슷한 내용이 많아서 이해하기도 쉽고 책 읽는 속도도 빨라진다. 그렇게 책을 읽다 보니 자기 계발서를 쓴 작가 중에 정말 대단한 사람이 너무 많다는 사실을 발견했다. 그들의 공통된 특징은 책을 어마무시하게 많이 읽었다는 것이고, 책 읽기로 삶의 방향이 달라졌다는 것이다. 자신의 변화된 삶을 다른 이들에게 알리고 싶어 그것을 책으로 펴낸 경우가 많았다. 그들의 책을 읽으면서 책에서 언급된 책, 일명 '책 속의 책'을 찾아서 읽다 보니 내가 무엇을 해야 할지 어렴풋이 느낄 수 있었다.

오랫동안 자신이 몸담았던 분야에서 탁월한 성과를 거둔 사람도 많았고, 전혀 다른 길을 찾아 새롭게 시작하고 거기에서 행복을 느끼는 사람도 많았다. 오로지 앞만 보고 치열하게 살다가 욕심을 내려놓고 천천히 즐기면서 사는 삶을 택한 사람도 있었고, 목표 없이 그저 하루하루 살다가 목표를 갖게 되고 그것을 향해 줄기차게 달리고 있는 사람도 있었다. 이 세상에 살고 있는 사람 숫자만큼이나 다양한 삶을 살아가는 사람들을 자기 계발서 안에서 만난 것이다.

의욕적으로 새로운 열정을 불태우리라 마음먹고 시작한 자기 관리였다. 처음 독서지도사 일을 시작할 때만큼 열심히 다시 책을 읽기 시작했다. 나보다 먼저 자기 계발을 시작한 인생 선배들을 보며 나도 뒤를 따르리라 마음먹고 날마다 한 가지라도 실천했다. 새벽에 일어나서 책 읽고 필사하고 생활 실천 사항을 정해서 체크하고 시간 계획표를 세워 자신을 평가하면서…….

어느 순간, 마음이 무너졌다. 내가 아무리 열심히 해도 넘을 수 없는 산이 내 앞에 버티고 있는 것 같은 무기력함이 밀려왔다. 지금 이렇게 열심히 하는 것들이 아무 의미 없고, 지금까지도 잘 살았는데 인제 와서 얼마나 더 잘 살겠다고 이러고 있나 싶은 생각이 들었다. 모든 일이 귀찮아졌고 그저 시간 되는 대로 아무 생각 없이 사는 것도 나쁘지 않다는 생각이 들었다. 왜 이럴까? 누가 억지로 시켜서 시작한 것도 아니고 스스로 선택했고 시작한 일인데 왜 이렇게 의기소침해지고 무력감을 느끼는지 알 수 없었다. 마음이 메말라가고 가슴 속에서 바스락바스락하는 소리가 들렸다. 아이들과 수업할 때도 집중이 잘 안 되었고, 그런 나를 아이들은 어디 아프냐며 걱정했다. 아무 생각 없이 그저 시간 흐르는 대로, 평소에 하던 일만 하면서 살자고 다짐했지만 내 성향에는 맞지 않았다.

'내가 왜 이러지?'

'원인이 뭘까?'

인정하고 싶지 않았지만 결국 나 자신을 인정해야 했다. 내가 무기력에 빠진 이유는 너무 잘나가는 사람들과 나를 비교하고 있었기 때문이다.

'저들은 벌써 이렇게 대단한 성과를 내고 있는데 나는 뭐 하고 있는 거지?'

'책을 읽어 보니 저들은 나와 출발이 다른 사람들이네…….'

'역시 비빌 언덕이 있어야 성공할 수 있는 거였어.'

대단한 사람들을 보면서 그들이 이룬 성과만큼 결과물을 만들어 내지 못하는 나 자신을 스스로 다그치고 비난하고 있었던 것이다. 자기 계발서를 읽기 시작한 지 얼마나 됐다고 벌써부터 가혹하게 자신을 대하고 있는 나를 인정해야만 했다.

"다른 사람과 나를 절대로 비교하지 말라. 어제의 나와 오늘의 나를 비교해 달라진 나를 칭찬하라."

어떤 책에서 읽은 후 내 노트 한쪽에 써 놓은 글이다. 내 마음이 조급해질 때마다 자주 되뇌던 말이다. 그런데 어느새 새까맣게 잊고 계속 다른 사람과 자신을 비교하고 있었던 것이다.

이 세상에는 대단한 사람이 정말 많다. 잘 알려진 사람뿐만 아니라 내가 알지 못하는 사람 중에서도 훌륭하고 뛰어난 사람이 많을 것이다. 그들이 보여 준 성과는 대단하고 많은 사람에게 좋은 영향력을 끼치고 있으니 존경받아 마땅하다. 내가 그들에게 직접적인 영향을 받는 경우도 있고 간접적인 영향을 받는 경우도 있으니 그들의 삶을 본받고 그들처럼 살기 위해 노력할 필요는 있다. 단, 자신의 삶이 소중하다는 믿음과 함께 자기만의 속도를 지켜야 한다는 것을 기억해야 한다. 아무리 대단한 사람도 내 인생을 대신 살아 줄 수는 없다. 나를 낳아준 부모님도 내 인생을 대신 살아 줄 수 없는데 하물며 피 한 방울 안 섞인 남들이야 오죽할까! 그럼에도 그런 사실을 잊고 성공한 사람들과 나를 비교하면서 내 인생을 하찮게 여기게 되는 오류를 저지른다. 정말 나약한 인간이다.

최근 글쓰기와 관련된 책을 읽고 있는데 작가는 '나탈리 골드버그'다. 글을 잘 쓰고 싶은 욕심이 끝이 없어서 글 잘 쓰는 비법을 찾으려고 하는 나에게 작가는 말한다.

> 당신을 글쓰기에 붙들어 줄 충고를 하겠다. 이 충고를 글 쓰는 삶에 적용해야 한다. 듣고 싶은가? '아무 말 말고 써라' 이 말이 당신을 붙들어 주는 토대가 될 것이다. (나탈리 골드버그, ≪인생을 쓰는 법≫, 페가수스, 219쪽)

"다른 사람과 나를 절대로 비교하지 말라. 어제의 나와 오늘의 나를 비교해 달라진 나를 칭찬하라."

7
아이들과 함께하는 행복한 독서

아이들에게 일주일에 한 권씩 동화책을 빌려주고 함께 이야기를 나눈 후 독후감 쓰는 일을 20년 넘게 했다. 아이들은 선생님도 자기들이 읽는 책과 같은 동화를 읽고 이야기한다는 걸 마냥 신기해한다. 서로 이야기를 나누다 보면 누가 어른이고 누가 아이인지 헷갈릴 때도 있다. 서로 책 주인공에 대해 자기 의견을 말하느라 바쁘고 자기가 더 책을 열심히 읽었음을 증명하기라도 하듯이 책 내용에 대해 열변을 토하기도 한다.

이 일을 처음 시작했을 때 내가 세운 첫 번째 목표는 '아이들이 책을 재미있는 것으로 알게 하는 것'이었다. 그래서 어떻게 하면 흥미를 일으킬 수 있을까 고민했다. 이런저런 방법을 생각하다가 힌트를 얻은 건 '사람은 누구나 말하고 싶은 욕구를 가지고 있다는 점'이었다. 아이들이 공부를 싫어하는 이유 중 하나도 서로 소통하지 않고 일방적으로 전달하기 때문이다. 게다가 아이들이 자신의 목소리를 내려고 하면 재빨리 그 기회를 빼앗아 버리는 게 원인이라고 생각했다. 그래서 아이들이 최대한 이야기할 수 있는 시간을 많이 주기로 했다. 자신이 읽은 내용을 어떻게 알아들었는지, 어떤 내용이 기억에 남는지, 어떤 주제로 이야기를 나누고 싶은지에 대해 말하게 했다. 그랬더니 아이들의 책 읽는 태도가 달라졌다. 처음에는 책을 읽고도 무슨 내용인지 이야기해 보라고 하면 "몰라요"라는 대답을 가장 많이 했다. 너의 느낌을 이야기하라고 하면 그냥 "재미있었다", "감동적이다"가 끝이었다. 그런데 아이들에게 말할 기회를 주니 아이들의 입이 열렸다. 신나게 이야기하는 아이들 모습을 보는 건 기분 좋고 행복했다.

자기 계발서를 읽으면서 나 역시 혼자서 하다 보니 슬럼프도 빨리 오고 슬럼프 기간도 오래갔다. 혼자 하는 힘이 부족한 나에게는 함께 이야기 나눌 대상이 필요했던 것이다. 그렇다고 함께할 사람들을 찾아 무작정 여기저기 헤맬 수는 없었다. 그래서 내가 매일 만나는 아이들과 함께 이야기 나누기로 결정했다.

먼저 고학년생들을 대상으로 내가 읽고 있는 책의 내용 중 아이들과 이야기 나눌 주제를 간략하게 설명했다. 예를 들면 '아침 시간 활용법'을 주제로 정하고 각자 아침 시간을 어떻게 보내는지 이야기하게 했다. 그리고 아침 시간의 중요성에 대해 자신의 의견을 이야기하게 한다. 그러면 아이들은 저마다 자기 생각을 말하는데 신기하게도 아이들이 말하는 이유와 자기 계발서에서 말하는 내용이 비슷한 경우가 많았다. 우리 아이들이 천재란 말인가? 그렇게 이야기 나눈 것을 토대로 각자 실천할 내용을 1~2가지 정한다. 여기까지다. 아이들은 실천은 안 한다. 이제부터는 온전히 내 몫이다. 아이들이 함께 책에 대해 이야기하고 의견을 제시해 줬으니 내 것으로 만드는 과정은 내가 스스로 만들어 가야 하는 것이다. 일정 기간이 지난 후 내가 실천하고 있는 내용을 아이들에게 들려주면 아이들은 격하게 나를 칭찬해 주고 다음에 나에게 잘 지키고 있는지 검사하는 것도 잊지 않는다. 아이들에게 칭찬을 받으면 얼마나 으쓱해지고 자랑스러워지는지. 칭찬은 고래도 춤추게 한다더니 코끼리 다리(내 별명)도 흔들거리게 만드는 힘이 있다. 동시에 아이들이 숙제 검사하는 선생님처럼 불시에 내 실천 사항을 점검하니 긴장의 끈을 놓을 수 없는 효과까지 얻는다.

평생을 살아가면서 동지가 필요할 때가 많다. 옆에서 함께 걷는 이가 있으면 든든하고, 예상하지 못했던 상황이 발생했을 때 대처할 수 있고 어려움에 처했을 때 도움을 받을 수 있다. 또 의욕 상실로 주저앉았을 때 다시 일어설 수 있도록 자극을 주기도 하니 같은 방향을 향해 가는 동지는 필요하다. 하지만 바쁘게 살아가는 현대인들은 그런 동지를 찾기가 쉽지 않다. 미국의 사회학자 리스먼이 현대인을 '군중 속의 고독'이라고 표현한 것처럼, 수많은 사람과 인간관계를 맺으며 살고 있지만 막상 내가 원하는 순간에는 아무도 없는 것 같은 외로움을 느낄 때가 많다. 그 누구도 내 마음과 똑같은 사람이 없으니 외로움을 느끼는 게 당연한 것이지만, 그래도 우리는 누군가에게 의지하고 싶고 깊은 유대감을 느끼고 싶어 하지 않는가?

자기 생활 반경 안에서 그런 동지를 찾을 수 있다면 정말 행운이다. 내게 그런 행운을 가져다주는 사람이 바로 아이들이다. 가장 가깝고 많은 시간을 보내는 가족이 그런 동지가 된다면 좋겠지만, 아쉽게도 남편은 나를 전적으로 응원해 주기는 하지만 책을 열심히 읽는 사람은 아니다. 물론 지금은 나름대로 열심히 읽기는 하지만 아직까지 책 읽는 시간보다는 스포츠 경기 보는 것을 더 좋아한다. 그래서 아이들과 함께 내가 읽은 책에 대해 이야기 나누고 해법을 찾아간다. 그들이 내뿜는 에너지는 나를 일으켜 세우는 힘이 되고, 그들이 제시하는 해법은 때론 엉뚱하지만 그 엉뚱함에서 힌트를 얻어 문제를 해결할 때도 있다. 아이들에게 동화책을 읽게 하고 독후감 쓰는 방법을 가르치는 선생님으로서, 나는 아이들에게 주는 것보다 훨씬 많은 것을 받고 있는 행복한 사람이다. 아이들도 나와 함께한 시간이 행복으로 기억된다면 좋겠다. 그 기억 속에 우리는 '책'이라는 공통된 소재를 소중하게 간직하게 될 것이다.

8

엄마는 너무 독재자야!

"엄마, 우리 집에는 왜 텔레비전이 없어?"

"왜일까?"

"돈이 없어서?"

"아니, 엄마가 텔레비전 보느라고 시간 낭비하는 거 싫어해서."

"나는 텔레비전 보고 싶은데……."

"그래? 그럼 나중에 네 맘대로 할 수 있을 때 텔레비전 사서 봐."

"흥! 엄마는 너무 독재자야."

"당연하지! 엄마는 히틀러보다 더한 독재자야."

"아들아, 엄마가 하자는 대로 해야지 우리가 편하게 살아."

우리 집에서 나는 독재자다. 내가 하고 싶은 대로 해야 하고, 내가 계획한 대로 움직여야 한다. 그렇지 않으면 집안 분위기가 싸해진다. 물론 내가 하는 일이 나쁘지는 않지만 그래도 남편이나 아이는 가끔 불만을 터뜨릴 때가 있다. 그래도 나는 양보하지 않는다.

이렇게 내가 독재해도 가족들이 크게 불만을 갖지 않는 이유는 첫째, 가정의 평화를 위해서다. 집안 분위기는 엄마의 기분에 영향을 많이 받는다. 대부분 오랜 시간 아이들과 함께하는 사람도 엄마이고 집안의 크고 작은 일정을 챙기는 사람도 엄마다. 엄마 기분이 좋으면 가족들에게도 친절하고 허용적인 편이라서 느슨하고 즐거운 분위기를 유지할 수 있다. 그러니 특별한 경우가 아니면 가정의 평화를 위해 남편과 아이는 내가 하자는 대로 따른다.

둘째, 남편이 결혼 전에 약속했던 말을 잊지 않고 내가 불리해질 때마다 들이밀기 때문이다. 누구나 결혼하기 전에는 온갖 달콤한 말을 했을 것이다. 기본적으로 집안일을 같이 하겠다거나 육아에 적극 동참하겠다는 등 더 나아가서는 부인을 왕비처럼 살게 해 주겠다거나, 손에 물 안 묻히게 해 주겠다는 공수표를 남발했을 것이다. 남편 역시 결혼을 망설이는 나에게 '결혼해도 내가 하고 싶은 대로 하면서 살게 해 주겠다'라고 다짐했다. 그러니 내가 하고 싶은 대로 하게 해 주고 따라 줄 의무가 있고, 나는 그것을 당당하게 요구할 권리가 있다.

마지막으로 내가 내 모습을 있는 그대로 인정하기 때문이다. 자기 자신에 대해 만족스러운 사람이 얼마나 있을까? 나 역시 내 모습이 만족스럽지 않았다. 진정한 내 모습이 무엇인지도 모른 채 다른 사람들 눈치 봐 가며, 다른 사람들의 평가에 연연하며 살았다. 그렇게 살다 보니 다른 사람들에게는 '좋은 사람'인 내가 오히려 나 자신에게는 '못된 사람'이 되어 가고 있었다. 다른 사람의 필요에 민감하게 반응하고 다른 사람들을 위해 알아서 희생하면서 차곡차곡 마음속에 분노를 쌓아가고 있었던 것이다. 누가 시켜서도 아니고 스스로 선택했지만 자신이 뭘 하는지도 모른 채. 그런 행동 방식은 자연스럽지 않았기에 에너지 소비가 컸다. 지나치도록 열심히 살지만 뭔가 만족스럽지 않고, 행복하지 않은 나날들. 평소에 아무렇지도 않게 해 주던 일이었는데 어느 날은 지나치게 예민하게 굴고 화를 내는 일관성 없는 내 행동은 나 자신뿐만 아니라 주변 사람도 당황스럽게 했다.

그때 나를 살려준 건 책이었다. 도대체 '나'라는 사람이 누구인지 궁금했다. 내가 언제부터 이런 성격을 갖게 되었는지 알고 싶은 마음이 간절했다. 내 마음속에 있는 분노의 근본적인 원인이 무엇인지, 나는 왜 상처받은 기억을 끌어안고 있는지, 그 기억이 진실인지 알고 싶었다. 그래서 책을 읽었다. 책을 읽는 것만으로는 부족함을 느껴 전문가의 도움을 받아야겠다는 필요성을 느꼈다. 가족들과 전문가, 동료들의 도움으로 '나'라는 사람의 참모습을 찾기 시작했다. 그렇게 나를 찾아가니 마음이 점점 평온해졌다. 가장 먼저 나 자신을 사랑해줘야 하는 사람이 나였음을 깨닫고 늦었지만 자신을 위로해 주기로 마음먹었다. 아주 사소한 일부터 나를 챙기기 시작했다. 내가 하고 싶은 말을 한두 마디하고, 내가 먹고 싶은 음식을 선택하고, 내가 하고 싶은 일을 선택했다.

그러자 삶이 달라지기 시작했다. 예전과 똑같이 다른 사람을 위하는 행동을 해도 마음이 편안하고 힘들지 않았다. 내가 하고 싶은 일이 뒤로 밀려나도 그렇게 화가 치밀어 오르지 않았다. 한발 물러서서 내 마음이 어떻게 움직이는지 바라보고 그 마음을 자연스러운 것으로 인정해 주니 다른 사람들의 마음도 보였다. 겉모습은 서로 다르지만 속마음을 들여다보니 별로 다르지 않다는 것도 인정할 수 있었다. 누구나 사랑받고 싶고, 관심받고 싶고, 인정받고 싶은 욕구가 있었다. 그런 욕구가 결코 나쁜 것이 아니라는 것을 이론으로서가 아니라 진심으로 받아들이자 세상이 온통 분홍빛으로 보였다. 나에게 있는 욕구의 크기만큼 상대방도 그럴 것이기에 내가 그 욕구를 알아보고 먼저 배려하기로 했더니 오히려 내 마음이 가장 편해졌다. 물론 앞으로도 갈 길이 멀지만 예전의 내 모습과 비교한다면 나는 정말 '개천에서 용'이 된 사례다.

책을 읽는다고 모든 문제가 해결되지는 않는다. 하지만 책을 읽으면 문제를 해결하는 과정에서 저지를 수 있는 실수를 줄일 수 있다고 생각한다. 수많은 사람이 나와 같은 문제를 겪었고 그 과정에서 답을 찾은 과정을 써 놓은 것이 책이다. 얼마나 친절한 사람들인가! 한 끼 밥값 정도면 몇십 년 동안 겪은 과정에서 얻은 결실을 쉽게 내 것으로 만들 수 있으니 얼마나 수익률 높은 투자인가. 게다가 도서관에 가면 무한정 공짜로 필요한 것을 얻을 수 있으니 세금 내는 국민들에게 감사하다. 지금 여러 가지 문제로 어려움을 겪고 있다면 당장 도서관으로 가라. 거기에 당신이 찾는 해답을 담은 책이 당신을 기다리고 있을 것이다. 어떤 책을 골라야 할지 모르겠다면 친절한 사람들이 당신을 도와줄 것이다. 책을 읽고 당신의 참모습을 찾는다면 인생이 한결 편안해지고 행복해질 것이다.

무엇이든 내 맘대로 하고 싶은 욕구가 강한 내가 하는 말이니 당신도 내 말을 따라 주길 바란다.

제4장

생존 독서

내가 언제부터 책을 열심히 읽었던가? 기억을 떠올려 본다. 특별한 날짜가 기억나지는 않는다. 책 읽기를 시작한 특별한 이유가 있었던 것도 아니고 전혀 책을 안 읽다가 갑자기 무슨 깨달음을 얻어서 책을 열심히 읽게 된 것도 아니다. 어릴 때부터 책 읽는 것을 좋아했지만 책 읽는 것보다는 밖에서 뛰어노는 걸 더 좋아했다. 넉넉지 못한 형편 때문에 소유하고 있는 책이 별로 없어서 친구 집에 가서 읽거나 빌려서 읽었다. 어떤 책이 좋은 책인지 선별 기준도 없이 그냥 손에 잡히는 대로 읽었고, 때로는 무료한 시간을 보내기 위해 책을 읽기도 했다. 내 돈으로 책을 살 수 없으니 자연스럽게 도서관을 애용하게 됐고, 성인이 되고 나서는 녹록하지 않은 사회생활에서 부딪치는 문제를 해결할 수 있는 방법을 찾기 위한 목적을 갖고 책을 읽기도 했다. 그때그때 상황은 달랐지만 꾸준히 내 손에는 책이 들려 있었다. 책을 읽은 덕분에 내가 누구인지 알아 가고 있다. 책을 읽은 덕분에 내가 하고 싶은 일이 무엇인지 찾았다. 책을 읽은 덕분에 경제적으로 조금 여유 있는 생활을 할 수 있게 되었다. 책을 읽은 덕분에 인생 후반부를 어떻게 살아갈까 계획하고 실행하고 있다. 책을 읽은 덕분에 지금 이렇게 글을 쓰고 있다.

1

살아남아야 했다

　인간이나 동물이나 생존은 본능이다. "개똥밭에서 굴러도 이승이 저승보다 낫다"라고 하는 말이 있는 걸 보면 이 세상에서 살고 싶은 건 누구나 갖고 있는 본능인 것이 맞다. 단순히 목숨을 유지하고 동물처럼 본능적으로 사는 것 말고, 인간은 좀 더 고차원적으로 의미를 추구하면서 살아간다고 학창 시절에 배웠다. 그게 어떤 뜻인지 잘 알아듣지 못했지만 그저 그러려니 하며 시험 문제에 나오니까 무작정 외웠던 기억도 난다.

　어릴 때부터 나는 자기 자신에 대한 환상이 컸다. 인간답게 사는 것에 대해 나 혼자 기준을 세워 놓았는데 그 기준이 옳고 그름을 떠나 다른 사람을 판단하는 잣대로 사용했다는 것이 문제다. 내가 생각하는 인간답게 산다는 생각 중에는 부모란 '자식에게 고등교육 이상의 교육과 품위를 유지할 수 있을 정도의 경제 환경이 준비되었을 때 자식을 낳아야 한다'라는 고정관념이 강했다. 그런데 우리 집은 그런 환경과는 거리가 멀어도 한참 멀었다. 우선 아빠는 10남 1녀 중 셋째 아들이다. 아빠 세대가 자식을 많이 낳은 세대이기는 하지만 우리 할머니는 너무 심하다고 생각한다. 아빠 형제분들은 모두 제대로 된 교육을 받지 못했고 당연히 먹고사는 것도 힘들었고 어릴 때부터 누구나 자기 밥값을 해야 했다. 어려운 환경에서 자랐으니 성인이 되어서는 비슷한 환경의 배우자를 만나 결혼했는데 바로 우리 엄마다. 엄마도 아주 어릴 때부터 남의집살이를 하며 교육도 못 받은 채 먹고살기에도 힘겨운 삶을 살았다. 1남 4녀 중 넷째인 엄마는 일찍 돌아가신 할아버지, 불발된 총탄을 가지고 놀다 터져 다친 오빠를 데리고 미국으로 치료받으러 가신 할머니의 빈자리를 채우며 하루하루를 힘들게 살았다. 엄마, 아빠의 옛날이야기를 듣고 있으면 '어떻게 그 시절을 살았을까?' 싶어 안타깝고 대단하다는 생각이 들지만, 한편으로는 책임지지도 못할 거면서 양쪽 집안 할머니들은 왜 그렇게 자식을 많이 낳았는지 이해하지 못했다. 이해하지 못한 것이 아니라 한심하게 생각했다. 사람을 사람답게 키우지 못하고 밥만 먹고 사는 짐승처럼 키운 것 같아 눈살을 찌푸렸다.

그런데 우리 부모님도 같은 상황이었다. 자식은 다섯 명이나 되는데 누구 하나 걱정 없이 교육시킬 형편은 안 됐다. 먹고사는 것부터 해결해야 해서 부모님은 모두 일하러 가시고 어린 내가 더 어린 동생들을 돌봐야 했고, 밥도 해야 했다. 그런 상황이 너무 싫었다. 동생들이 없었으면 좋겠다는 생각도 여러 번 했다. 책임지지도 못할 거면서 왜 자식을 그렇게 많이 낳는지 부모님이 원망스러웠다. 그러면서 결혼에 대해, 가족에 대해, 돈에 대해 부정적인 가치관을 갖게 되었다. 자존감이 낮았던 나는 그런 부정적인 생각을 마음속 깊이 꼭꼭 숨겨뒀다.

부모님은 당신들과 같은 환경을 자식들에게 물려주고 싶지 않다는 생각으로 열심히, 몸이 부서질 만큼 열심히 일했다. 아무리 열심히 살아도 인생이라는 것이 내 뜻대로 되지 않는 것이기에 중간중간 예상하지 못했던 어려움도 많았다. 그래도 부모님은 끝까지 최선을 다했고, 지금도 자신의 자리에서 최선을 다하며 살고 계신다. 내가 부모님께 물려받은 것이 바로 성실함이다. 묵묵히 자기 할 일을 하는 성실함은 어릴 때부터 부모님 모습을 보고 자라면서 자연스럽게 내 몸에 익힌 좋은 습관이다.

주어진 환경의 테두리에서 크게 벗어나지 않고 어른들 말씀 잘 듣고 학교 공부 열심히 하면서 살았지만 딱 거기까지였다. 세상을 바라보는 내 시야가 좁았고, 나에게 넓은 세상을 보여 주는 사람도 없었다. 어떻게 시야를 넓혀야 하는지도 알 수 없었고, 그런 것에 대해 스스로 탐구할 만큼 영리하지도 않았다. 그저 내가 아는 만큼, 내가 본 만큼의 세상만이 존재했다. 당연히 선택의 폭도 좁았다. 여러 번 내가 한 선택에서 실패를 맛봤다. 계속되는 실패 앞에서 나는 점점 더 초라해졌고, 내가 그토록 한심하게 여겼던 사람이 되어 가는 것 같아 초조했다. 초조해질수록 깊이 생각하지 않고 손에 잡히는 대로 이것저것에 발을 들여놓았다. 역시 잘못된 길이었다. 아니, 잘못된 길이 아니라 내 길이 아니었다. 이런 상황에서 벗어나야 한다고 다짐하지만 무엇을, 어떻게 해야 할지 알 수 없었다. 그저 마음만 조급할 뿐.

산다는 게 다 그런 거지 / 누구나 빈손으로 와 / 소설 같은 한 편의 얘기들을 / 세상에 뿌리며 살지 / 자신에게 실망하지 마 / 모든 걸 잘할 순 없어 / 오늘보다 더 나은 내일이면 돼 (김연자, 〈아모르 파티〉 중에서)

산다는 것이 무엇일까? 한 번뿐인 인생을 잘 살고 싶었고, 행복하고 싶었다. 경제적으로도 걱정 없이 내가 하고 싶은 걸 할 수 있고, 다른 사람들에게 도움 줄 만큼 여유 있는 상황을 만들고 싶었다. 무엇보다 남들 앞에서 당당하게 나 자신에 대해 말할 수 있을 정도로 자존감 높은 사람이 되고 싶었다. 그런데 그 길을 어떻게 찾아야 할지 몰랐다.

2

행복하기로 맘 먹었다

5일 한국경제학회의 간행물 '한국경제포럼'에 실린 '행복지수를 활용한 한국인의 행복 연구'에 따르면 1990년과 비교해 2017년 한국인의 행복 지수는 비교 가능한 경제협력개발기구(OECD) 31개 회원국 가운데 여전히 하위권에 머물렀다. 해당 논문은 소득 고용 교육 건강 주거 사회 관계 안전 소득격차 등 15개 세부 행복지표를 지수화해 국가별 순위를 비교했다. 지표에는 1인당 국내총생산(GDP), 고용률, 지니계수 등의 통계가 반영됐다.

이 기간 한국은 1인당 GDP가 6516달러에서 2만 9743달러로 올라 소득 지표는 28위에서 20위로 뛰었지만 소득 격차(분배)는 오히려 악화돼 27 위로 6계단 떨어졌다. 안전지표도 자살률 범죄율 증가의 영향으로 15위 에서 30위로 곤두박질쳤다. 환경(30위), 문화여가생활(29위), 성별 격차 (31위), 세대 갈등(31위)도 1990년보다 더 나빠졌거나 최하위권에 머물렀다. ("소득 4배 늘어도… 한국인 행복도는 '꼴찌'", ≪동아일보≫, 2020.02.05. 중에서)

독일의 철학자 칸트는 행복한 사람의 조건으로 세 가지를 말했다. 첫째, 할 일이 있어야 한다. 둘째, 사랑하는 사람이 있어야 한다. 셋째, 희망이 있어야 한다. 또 '행복하다'거나 '불행하다'는 우리의 인식이나 생각은 외부 환경에 의해 만들어지는 것이 아니라 우리 자신이 가진 행복에 대한 인식을 통해 우리가 만들어 내는 것이며, 행복을 어떻게 인식하는가는 온전히 자신의 선택에 달려 있다고 주장했다. 서양에서는 칸트, 니체, 러셀, 쇼펜하우어 등 수많은 철학자가 '행복'에 대해 자신의 주장을 펼쳤다. 동양에서도 인간이 행복해지기 위해 가져야 할 자세를 공자, 노자, 장자 등 수많은 사상가가 자기의 언어로 표현했다. 인류 역사가 시작된 이래 '행복'에 대해 끊임없이 연구하고 자기주장을 내세운 걸 보면 인간이 살아가는 이유가 '행복'에 있기 때문이 아닐까?

나 역시 행복하고 싶었다. 하지만 어떻게 해야 행복해지는지 방법을 알지 못했다. 어떤 것이 행복인지 행복에 대한 개념 정리부터가 안 되어 있었다. 경제적으로 넉넉하고 똑똑한, 아니 적어도 의무교육은 받은 부모님과 살아야 행복하다고 생각했다. 그런 황당한 기준을 가지고 있는데 내가 처한 환경은 그런 기준에 못 미쳤다. 그러니 나는 당연히 행복할 수 없었다.

칸트의 말처럼 안정적인 직업을 가지고 있지도 못하고, 사랑하는 사람도 없고, 미래에 대한 희망이나 목표도 없었다. 일하랴 공부하랴 하루를 빠듯하게 살기는 하지만 알 수 없는 허전함이 가슴 가득 밀려왔다. 어떤 날에는 밥을 먹어도 허전함이 채워지지 않아 온종일 초콜릿, 사탕 같은 단 음식을 입에 물고 있기도 했다. 마음의 허전함은 배고픔과는 달랐다. 이렇게 나의 젊은 시절을 보내고 싶지 않았다. 내 힘으로는 바꿀 수 없는 물리적인 환경, 벗어나고 싶어도 벗어날 수 없는 가족관계, 부정하고 멀리하고 싶지만 변하지 않는 내 성격. 이 모든 것이 바뀐 다음에 행복을 찾을 수 있다면 나는 죽기 전까지 행복하지 못할 게 분명했다. 그럼 이제 어떻게 해야 하지?

방법은 하나밖에 없었다. 내 힘으로 할 수 있는 것을 먼저 하는 것이다. 가장 확실하고도 쉬운 방법을 써야 했다. 바로 내 마음을 바꾸는 것이다. 그때부터 내 마음을 바꾸기로 결심하고 하나씩 연습했다. 첫 번째로 날마다 거울 앞에 서서 자기 자신을 향해 "사랑해", "너는 참 좋은 사람이야"라고 하루에 세 번 말하기로 했다. 처음에는 정말 손이 오글거리고 입이 떨어지지 않았다. 나를 쳐다보는 사람도 없고 나 혼자 있는 시간에 거울 속에 있는 나를 보고 말하는 것인데도 거울 앞에 서서 나를 바라보는 것 자체가 너무 낯설었다. 내가 나에게 그런 칭찬, 긍정의 말을 소리 내서 해 본 적이 없었다. 그래서 모기 만한 소리로 자신을 향해 "사랑해", "너는 참 좋은 사람이야"라고 말했다. 그 말을 하면서 얼굴이 벌겋게 달아올랐다. 하루 세 번이 그렇게 많은 횟수라는 걸 그때 처음 알았다. 처음에는 오글거리던 손도 조금씩 괜찮아졌고, 목소리도 점점 커졌다. 시간이 흐르자 제법 여유만만한 미소를 띤 채 나를 위로해 주듯 너그러운 마음으로 말하기도 했다. 나중에는 내가 이미 좋은 사람이 된 것 같은 착각이 들기도 했다. 반복적으로 나에게 칭찬하는 말을 건네는 건 효과가 있었다.

두 번째로 감사 일기를 썼다. 일기 쓰거나 낙서하는 걸 좋아한다. 무엇이든 빈 여백만 있으면 주제, 장르 상관없이 낙서를 했다. 초등학교 때부터 쓴 일기는 고등학교 때까지 이어졌다. 그런데 그 일기의 내용이 대부분 속상한 일, 부족한 부분, 부정적인 감정을 쏟아내는 내용이었다. 방향을 바꿨다. 무조건 감사한 일을 세 가지 이상 쓰기로 했다. (그리고 보니 나는 '3'이라는 숫자를 참 좋아하는구나.) 감사한 일이 없어도 무조건 감사하다고 쓰기로 결심하고 날마다 감사 일기를 썼다. 처음에는 감사하다고 쓸 일이 없었다. 그래서 "어젯밤에 비 오는 것도 모르고 잠을 깊이 자서 감사하다"라고 쓴 날도 있었고, "오늘은 할머니가 우리한테 욕을 안 해서 감사하다"라고 쓴 날도 있었다. 그런데 신기하게도 감사 일기를 계속 쓰니 정말 감사할 일이 늘어났다. 머피의 법칙은 긍정에도 적용되는 것인가 보다.

세 번째로 날마다 운동하기였다. 고등학생 때부터 신경성 위염에 시달렸다. 지나치게 신경질적이고 부정적인 태도를 내 정신이 버티지 못하고 몸에서도 그만 좀 하라고 신호를 보냈지만, 고집 센 나는 그걸 알아듣고 받아들이지 못해 위장병에 시달렸다. 위장병으로 시작한 건강 문제는 허리 디스크, 신관 협착 등 몸 여기저기에 영향을 끼쳤다. 결국 큰 수술을 몇 번이나 받아야 했다. 병원에서 오랜 시간 혼자 지내면서 이것저것 많은 생각을 하게 됐고, 내 마음을 바꾸지 않으면 아무것도 해결되지 않는다는 절박함을 느꼈다. 그래서 내 마음을 바꾸기로 결심한 것이다. 건강한 몸에서 건강한 정신이 나온다고 하지 않던가! 건강한 정신을 위해서 자신을 칭찬하고, 감사 일기를 쓴다면 건강한 몸을 위해서는 운동이 필수였다. 그때부터 새벽에 수영장에 다니면서 운동했다. 하루도 빠지지 않고 다녔다. 학교 다닐 때 한 번도 받지 못한 개근상을 수영장에서 받게 될 줄이야. 그리고 나의 성실함을 눈여겨보던 학원 원장님의 제안으로 아이들 가르치는 일을 하게 되었다.

3

나를 살리는 독서

"먼저 올 한 해 자기 계획을 얼마나 실천했는지부터 얘기하자."

"나는 책 100권 읽기로 했는데 당연히 100권 넘게 읽었지!"

"오우~ 역시 아들이군!"

"나는 독서는 50권 계획이었는데 37권 읽었네."

"그래도 많이 읽었네. 올해는 회사 일도 많았고 바빴잖아."

"그런가…… 내년에는 좀 더 열심히 읽어야지."

우리 가족은 몇 년 전부터 연말이면 자신이 세웠던 목표를 얼마나 달성했는지 점검하고 다가오는 새해 목표를 세운다. 오랫동안 나 혼자 그런 연례행사를 치렀는데 가족이 함께하니 든든하고 좋다. 저마다 세운 목표와 실천 사항을 종이 한 장에 써서 식탁 앞 벽면에 붙여 놓고 수시로 들여다본다. 이미지를 붙인 드림 보드도 만들어서 집안 여기저기 붙여 놓고 각자 어떤 계획을 세웠는지 잊지 않도록 하고, 눈에 보이는 이미지를 통해 동기를 부여받도록 한다. 아들의 계획은 대부분 여행 가고 싶은 곳이나 자기 꿈인 과학자와 관련된 행사에 참여하는 것이다. 남편은 회사에서 달성하고 싶은 목표와 크루즈 여행에 대한 계획을 매년 이야기한다. 나는 마음을 표현하는 부분에 대한 결심이 많고 노후 준비에 대한 계획도 세운다.

이렇게 각자 중점을 두고 있는 부분에 대한 계획 외에 공통으로 세워야 하는 계획이 있는데 바로 '책 읽기'다. 아이와 나는 책을 늘 곁에 두고 지내는 편이지만 남편은 그렇지 않다. 아이들에게 독서, 논술을 지도하는 내 직업 특성상 집에는 동화책이 1,500권 정도 있지만 남편 스스로 책을 집어 든 적은 거의 없었다. 그런 남편도 몇 년 전부터는 책 읽는 대열에 합류했다. 그 속도가 조금 느리기는 해도 최선을 다해 실천하고 있기에 격려와 칭찬을 아끼지 않는다. 세 식구가 함께 모여 맛있는 음식을 먹고 일 년을 뒤돌아보며 자신의 목표를 점검하고 실천 사항을 체크하는 시간은 너무 보람차고 행복하다. 가족이 함께 책을 읽으면서 자연스럽게 책에 대해 이야기하게 되고 무언가 요구 사항이 있을 때 책의 내용을 인용하며 이야기해서 불편할 수 있는 문제를 자연스럽게 풀어갈 수 있던 적도 여러 번 있었다. 책은 우리 가족에게 소통을 위한 또 하나의 도구인 셈이다.

아이들 수업에 필요한 동화책을 제외하고 내 성장을 위해 2017년부터 일 년에 약 250권 정도의 책을 읽는다. 예전에는 일 년에 약 70~80권 정도 읽었다. 물론 얼마만큼의 책을 읽느냐가 중요한 게 아니고 어떻게 읽는가가 더 중요하다. 그런데 나는 그렇게 명석하고 적용을 잘하는 똘똘한 사람이 아니다. 단 한 권의 책을 읽고도 잘 적용해서 자신의 삶을 바꾼 사람들도 있지만 나는 그런 사람들 대열에 합류할 수 있을 정도로 성숙하거나 간절한 사람은 아니다. 물이 끓기 위해서는 100도를 넘겨야 하듯이 내 삶을 바꾸기 위해서도 필요한 독서량이 있었다. 내 변화의 필요를 채워줄 정도의 책과 간절함이 만났을 때 스스로도 성장한다는 것을 여러 번 체험했다. 전혀 연관성 없는 것들이 어느 부분에서 서로 연결되고 당시에는 이런 걸 읽는다고 나에게 무슨 도움이 될까 싶었던 책도 어느 순간 도움이 되는 경험을 자주 한다.

나는 그림 그리기와 사진 찍기는 젬병이다. 고등학교 때 햇병아리 미술 선생님을 당황하게 만들고 눈물 흘리게 만들었던 이유 중 하나도 재능 없는 미술 때문에 받는 스트레스가 한몫했음을 부정할 수 없다. 아이가 유치원에 다닐 때 그림 못 그려서 속상하다고 미술 학원에 보내 달라고 한 적이 있었다. 그때 '혹시 나도 그림 그리기를 제대로 못 배워서 미술에 대해 콤플렉스를 갖고 있는 것은 아닐까?' 하는 생각으로 아이와 함께 미술 학원에 등록해 연필화 그리기를 배웠다. 몇 달을 열심히 그렸지만 결국 사람 눈, 코, 입을 완성하지 못했다. 역시 그림은 내 분야가 아니라고 확신하게 되는 경험이었지만 미술에 관심을 갖고 읽었던 ≪서양 미술사≫, ≪김홍도≫, ≪신윤복≫ 등 덕분에 연필화를 배울 때 도움이 됐고 미술에 대한 편견을 많이 깨트릴 수 있었다. 동시에 그림 그리기에 자신 없어 하는 아이를 이해할 수 있고, 그 마음을 읽어 줄 수 있는 것도 내가 읽은 육아서와 대화법에 대한 책 덕분이었다. 이렇듯 장르를 가리지 않고 읽은 책의 권수가 차곡차곡 쌓이면 어느 순간 그것이 자기 발전의 원동력이 된다.

'내가 만약 책을 읽지 않는 사람이었다면 지금 어떤 모습일까?'

상상만으로도 끔찍하다. 자기 안에 갇혀서 세상을 향해 미움과 원망을 쏟아내고 있을 것이다. 나 혼자만 불행하지 않고 내 주변 사람을, 가족을 끊임없이 괴롭혔을 것이다. 내가 왜 그런 행동을 하는지, 왜 그런 감정이 드는지 자신을 살펴볼 생각도 하지 못한 채. 나는 잘못이 없고 모든 잘못은 너희에게 있다고 손가락질하면서 하루하루를 지겨워하며 살고 있을 것이다. 나로부터 비롯된 부정적인 에너지가 얼마나 많은 생명을 힘겹게, 때로는 죽게 만들었을까? 초등학교부터 대학교까지 16년 동안 교육받았지만 학교 교육에서 얻은 것보다 훨씬 많은 것을 책에서 얻었다. 남들이 평생에 걸쳐 깨달은 것을 단 몇 시간, 몇만 원으로 쉽게 얻을 수 있으니 이 얼마나 투자 대비 효과 좋은 상품인가?

지금의 나를 만든 건 책이라고 확신한다. 물론 앞으로도 계속 책을 읽을 것이고 조금씩 더 성장할 것이다. 이렇게 효과 좋은 방법을 아직 실천하지 않는 사람들을 보면 안타깝고 마음이 아프다. 모든 사람이 손에 책을 들었으면 좋겠다. 서두르지 말고 꾸준히 책을 읽으면서 자신에게 일어나는 변화를 즐겼으면 좋겠다. 특히 어린이들이 책을 장난감처럼 친근하게 여기고 책과 친구가 되면 좋겠다. 영어책, 수학책에서 줄 수 없는 상상력과 넓은 세상에 대한 모험심을 동화책을 읽으며 키워갔으면 좋겠다. (영어책, 수학책이 나쁘다는 뜻이 절대 아니다.) 나에게 수업받는 아이들로부터 "선생님, 이 책 너무 재미있어요"라는 말을 들을 때 나는 가장 행복하다. 이런 말이 여기저기서 들려오면 좋겠다. 이미 커 버린 어른아이들에게서 "이 책이 나를 살렸다"라는 말을 자주 들을 수 있으면 좋겠다.

남편 가방 속에 일주일째 들어 있는 책이 내일은 다른 책으로 바뀌기를 바라는 건 지나친 압력일까?

4

실천하며 살겠다

아이가 드론에 관심을 갖고 날마다 드론 관련 영상을 찾아가며 보았다. 서점에 가서 드론 관련 책을 사줬더니 밤새 책을 읽고 나름대로 정리해 놓는 기특함도 보였다. 누구나 자신이 좋아하는 일에는 열정이 생기는 법. 억지로 시켜서 하는 일이 아니고 본인이 좋아서 하는 것이기에 그런 열정이 생기나 보다 싶어 내심 흐뭇했다. 작은 드론을 사줬더니 촬영한 영상을 편집해 나에게 보내주기도 했다. 갈수록 드론 조정 실력도 늘어 가고 본인도 좋은 제품에 대한 욕심이 생겨서 여기저기 들어가 검색해 보곤 너무 비싼 가격 때문에 풀이 죽었다.

그러던 중 '중고나라' 사이트에 대해 알게 됐고 거기에서 적당한 물건을 발견했다. 너무 신난 아이는 며칠 동안 나를 들들 볶았다. 드론 사려고 세뱃돈부터 몇 달 동안 용돈을 모았는데 그 돈으로 사겠다며 빨리 결재해 달라고 재촉했다. 그동안 아들이 보인 모습이 기특했기에 거래를 했는데 사기 거래였다. 결국 돈을 잃었다. 예전의

'나'였다면 아이에게 버럭 화를 냈을 것이다. 최종 결정은 내가 했지만 며칠 동안 졸졸 따라다니며 집요하게 나를 성가시게 했고 그날도 수업하러 나갈 준비하느라 정신없는 내게 빨리 입금해 달라고 졸랐으니까. 하지만 이제 나는 예전의 내가 아니지 않은가! 물론 사기라는 걸 알아챈 순간 마음속에서 화산이 끓어올랐다. 천천히, 침착하게, 생각해 보자.

일단 사태를 마무리하는 게 우선이기에 수업 일정을 조정하고, 경찰서에 가서 사기 피해 신고를 접수하고 마음을 가라앉히기 위해 내가 좋아하는 커피를 한 잔 샀다. 한여름에도 거부하는 얼음을 잔뜩 넣어서. 혼자 커피를 마시며 내가 한 행동을 되짚어 봤다. '오~ 제법 사람이 돼가는 것 같은데!' 내 마음속에서 화나는 진짜 이유가 무엇인지, 아이의 마음은 어떨지, 어떻게 해야 순간적인 화를 참을 수 있는지에 대해 냉정하게 바라볼 수 있는 여유가 좀 생긴 것이다. 그동안 책 읽고 하나씩 실천하며 연습한 덕분에.

《일독일행 독서법》의 저자 유근용은 자신의 책에서 일녹일행(一讀一行)을 위해 책을 읽은 후 가장 감명 깊은 문장을 추리고, 그 문장을 반복해서 읽으며 행간의 의미를 찾아본 후, 내가 실행할 수 있는 것이 무엇인지, 어떤 행동을 취해야 하는지 살펴본 후 무조건 실행하라고 했다.

수많은 책에서, 수많은 작가가 한결같이 주장하는 게 바로 '실천'이다. 책을 아무리 많이 읽어도 실천하지 않으면 소용없다. 실천하지 않고 읽기만 하면 오히려 머리만 커져서 더욱 완고해지고 자신을 위험에 빠뜨리게 될 수도 있다고 경고한다. 인문학 열풍으로 누구나 인문 서적을 한 권씩 읽었거나 가지고 있을 텐데 자기 계발서뿐만 아니라 인문학의 최종 목표도 역시 실천을 통한 삶의 변화다.

책을 읽고 실천하겠다는 의지 없이 무작정 책을 읽던 시기가 있었다. 솔직하게 말하면 무작정 읽었다기보다는 별 볼 일 없는 학벌에 대한 콤플렉스를 책 읽기로 보상하고 싶었다. 학교 간판보다는 실력이 더 중요하다는 사실을 보여 주겠다는 다짐으로 게걸스럽게 책을 읽어댔다. 책 내용을 곱씹어 볼 생각도 하지 못했고 오로지 책으로 내 스펙을 쌓으리라는 욕심만 앞섰다. 그래서 읽었다는 사실을 까맣게 잊은 채 똑같은 책을 몇 번이나 읽은 적도 있다. 그렇게 읽었으니 무슨 내용이 기억에 남았겠는가. 책을 읽는 동안 위로받는 것에 만족했고, 읽은 책 권수가 늘어 가는 것이 뿌듯했다. 하지만 아무리 책을 읽어도 내 삶은 크게 달라지지 않았다. 마음이 바뀌지 않았는데 상황이 바뀔 수 없는 건 당연한 이치지만, 나는 그렇게 당연한 이치도 깨닫지 못하는 '책만 읽는 바보'였던 것이다.

한 권의 책을 읽고 한 가지씩만 실천하면 성공한 책 읽기라고 했다.

'한 권에 한 가지 실천 사항이면 할 만하네.'

책 읽는 내 태도에 대해 심각하게 생각하고 있던 터라 이제부터는 좀 달라져야겠다고 생각했다. 너무 많은 것을 해야 한다고 생각했기에 부담이 되고 엄두가 나지 않았는데 한 권에 한 가지라면 할 만하지 않겠는가? 책 한 권을 읽을 때마다 실천할 구체적인 내용을 정했다. '오늘은 아이에게 사랑한다고 웃으면서 10번 말하기', '수업할 때 ○○이에게 칭찬 5번 하기', '연락한 지 오래된 ○○이에게 전화하기', '화가 나면 그 자리를 피한 후 심호흡 10번 하기' 등등. 한 가지를 실천하면 다음 날은 두 가지가 되고, 그다음 날은 세 가지가 되는 등 그 숫자가 점점 늘어갔다. 어떤 날은 잘 실천했지만 어떤 날은 잘 안 됐다. 하루 또 하루, 한 번, 두 번 하다 보니 서서히 습관으로 굳어졌다. 물론 어느 날 한꺼번에 무너져 버리기도 했지만.

내가 자신과의 약속을 더 잘 지킬 수 있는 강제적인 방법이 없을까 생각하다가 그날 내가 실천할 내용을 종이에 써서 현관문에 붙여놨다. 그러면 가족들이 집에서 나갈 때나 들어올 때 볼 테니까 더 책임감이 생길 것 같았다. 남의 눈을 많이 의식하고 남들에게 인정받고 싶은 욕구가 큰 나에게는 좋은 방법 중 하나였다. 하지만 실천 사항 정하는 것 자체가 스트레스였던 때도 있었다. 너무 형식에 얽매이는 율법주의자 같은 생각도 들었다. 그래도 어쩌겠는가? 내 인생을 바꾸고 싶다고 스스로 선택한 일인데. 이렇게 하면서 가장 좋은 건 내 마음이 편안해졌다는 것이다. 아주 사소한 일이지만 성취감도 느껴지고 조금씩 달라지는 자신을 보니 자신에게도 가족에게도 남들에게도 좀 더 너그러운 태도를 갖게 됐다. 이제야 살아있는 책 읽기를 하고 있다는 생각이 들었다.

지금까지 날마다 일독일행을 실천했다면 아마 나는 머리 위에 원반 달고 하늘나라에서 날아다니고 있을 것이다. 지금은 늘 새로운 실천 사항을 정하면서 책을 읽지는 않지만, 삶의 대도에 대한 생각을 많이 하며 꾸준히 노력하고 있다. 그래야 책 좀 읽는 사람이라는 말을 하면서도 나 자신에게 부끄럽지 않을 수 있으니까.

책만 읽는 바보가 아니라 살아있는 책 읽기를 위한 여정은 오늘도 계속된다.

5

튀어야 살아남는다

　아이들에게 동화책을 빌려줘서 일주일 동안 읽게 한 후, 수업 시간에 책에 대해 이야기를 나누고 토론하고 독후감 쓰는 방법을 지도하는 것이 현재 내가 하고 있는 일이다. 이 일을 시작한 지 20년이 넘었다. 처음에는 작은 글쓰기 회사에 들어가서 일을 시작했지만 얼마 지나지 않아 회사가 문을 닫았다. 감사하게도 그동안 나와 함께 수업했던 아이들과 어머님들의 요청으로 개인 브랜드로 수업을 계속하게 되었다. 회사에 소속되어 있을 때도 작은 회사고, 체계가 갖춰져 있는 곳이 아니었기에 몇몇 선생님이 모여 수업 프로그램을 짜야 했다. 백짓장도 맞들면 낫다는 속담처럼 여러 사람이 함께 아이디어를 모으다 보면 생각지도 않은 방법이 생기기도 했지만, 매주 그렇게 수업을 진행하는 건 쉬운 일이 아니었다. 그래서 나름대로 '어떻게 하면 아이들이 책을 좀 더 잘 읽고 이해할 수 있게 할 수 있을까?'에 대해 고민하고 이런저런 방법을 시도해 보고 있던 중이었다. 모두가 똑같은 책을 읽게 하고 모두 똑같은 방법으로 아이들을 지도한다면 내가 어떻게 살아남을 수 있을까?

나는 기술보다는 진심을 믿는다. 아무리 기술이 발전하고 우리 삶을 편리하게 만들어 준다고 해도 사람과 사람 사이에 주고받는 진심과 신뢰가 기술보다 더 오랫동안 큰 힘을 발휘한다고 믿으며 살았다. 비록 진심이 전달될 때까지 시간이 오래 걸리기도 하고, 어떤 경우에는 진심이 오해로 받아들여져 속상할 때도 있지만, 언젠가는 반드시 진심이 밝혀진다고 믿는다. 그래서 아이들을 가르칠 때도 얄팍한 기술보다는 진심으로 아이들을 대했다. 아이들은 내가 자신의 이야기를 잘 들어주는 것에 대해 만족도가 높아서 순수한 마음을 금세 나에게 보여 주었다. 그런 아이들의 마음이 예뻐서 더 열심히 수업을 준비하고 방법을 고민했다. 아이들에게 좀 더 많은 것을 주려면 먼저 그들이 무엇에 관심이 있는지 알아야 했다. 동화책을 사이에 두고 주고받는 이야기를 통해 아이들을 유심히 관찰했다.

'○○이가 지금 이런 것 때문에 힘들어하는구나.'

'○○이는 이런 말에 예민하게 반응하는구나.'

'○○이는 꿈이 ○○이구나. 잘 어울리는데.'

내가 자기들에게 관심을 가지니 아이들도 내가 제시하는 방향을 잘 따랐다. 가장 먼저 책을 읽는 태도가 달라졌다. 책을 꼼꼼히 읽고 책의 내용을 잘 이해했다. 나아가 책에서 자기들이 토론하고 싶은 주제를 미리 생각해 와서 친구들과 나에게 먼저 제안했다. 하지만 수업의 주도권을 아이들에게 넘기면 안 된다고 생각했다. 자칫하면 수업이 친근감 형성으로 치우치게 될 수도 있기에.

아이들은 쓰는 것보다 말하는 것을 더 좋아한다. 읽고 온 책에 대해 이야기하다 보면 시간이 훌쩍 지나간다. 이야기 나누는 과정은 재미있지만 내가 해야 하는 부분은 거기서 끝나면 안 된다. 책을 읽고 자신이 무엇을 느꼈는지, 어떤 생각이 들었는지 표현할 수 있게 도와주는 것이 내 역할이다. 대부분 말하는 것은 별로 어려워하지 않지만 쓰는 것에 대해서는 두려움을 갖고 어떻게 써야 할지 모르겠다고 하면서 망설이는 아이들이 많다. 쓰기를 두려워하는 아이들이 어떻게 하면 좀 더 쉽고, 정확하게 자기 마음을 표현하게 할 수 있을지 고민했다. 그리고 '양식지'를 만들었다. 책을 읽은 이유와 책의 줄거리 소개, 책에서 가장 인상 깊었던 장면과 그 장면이 인상 깊은 이유 등 여러 가지 요소를 넣어서 만든 한 장짜리 양식지를 아이들에게 책과 함께 숙제로 줬다. 아이들은 책을 읽은 후 다음 수업하기 전까지 그것을 써 와야 한다.

처음에는 아이들이 숙제가 늘었다고 불평했다. 하지만 한 번, 두 번 써 보더니 재미를 붙였다. 같은 책을 읽고도 서로 다른 내용을 써 온 친구들의 내용을 들으면서 자기들 스스로도 신기해하고 서로 다름을 자연스럽게 인정했다. 아이들이 써 온 양식지를 바탕으로 책 내용에 대해 퀴즈도 하고, 발표한 친구가 어떤 내용을 말했는지 맞추기도 하는 등 다양한 방법으로 활용했더니 아이들의 수업 참여도가 훨씬 높아졌다. 양식지를 쓰게 한 후 가장 두드러진 효과는 아이들이 책을 꼼꼼히 읽게 됐다는 점과 아이들의 관심사를 금세 파악할 수 있다는 점이다. 양식지에 써야 하는 내용이 대부분 자신의 관심사를 드러낼 수밖에 없기 때문이다.

양식지의 종류가 점점 늘어났다. 책에 따라 넣고 싶은 내용이 다른 경우도 있고, 내가 아이들에게 궁금한 내용도 있어서 이렇게 저렇게 만들다 보니 그 종류가 늘었다. 문득 '이런 건 어떨까?'라는 생각이 들면 또 하나의 양식지를 만들어 본다. 아이들이 내용을 잘 이해하고 받아들이면 또 다른 양식지가 하나 탄생하는 것이다. 내 경우에는 현장에서 아이들에게 바로바로 적용하고 피드백을 받을 수 있다는 것이 엄청난 혜택이었다. '책을 읽고 생각해 보아요', '마인드 맵으로 표현하기', '내 생각이 커져 가요', '원인 생각해 보기', '기자가 되었어요', '위대한 인물', '주인공 비교해 보기' 등 제목도 내용도 다양한 양식지가 현재 22가지 있다. 지금도 어떻게 새로운 것을 만들어볼까 하는 고민을 한다. 이 양식지는 내 특허물이다. 아이들은 나에게 "선생님, 이번에는 어떤 양식지 주실 거예요?"와 "이번에는 무슨 책 빌려주실 거예요?"라는 두 가지 질문을 매주 한다. 호기심 가득한 눈빛으로 말하는 아이들을 보면 너무 행복하다.

'위대함은 디테일의 차이'라고 한다. 현재 아이들에게 독서와 글쓰기를 가르치는 곳은 너무 많다. 대형 프랜차이즈도 있고, 자신만의 브랜드로 운영하는 곳도 있다. 모두 장단점이 있다. 특히 나처럼 혼자 일하는 1인 기업인의 경우 장점보다는 약점이 더 많다. 하지만 약점이 진짜 약점이 되지 않도록 자신만의 영역을 만든다면 충분히 성공할 수 있다. 약점을 강점으로 만들 수 있는 방법은 바로 '디테일'이다. 주변에서 나의 섬세한 관심을 필요로 하는 것이 무엇인지 살펴보고, 더 나아가 어떤 도움을 줄 수 있는지 고민하고 또 고민한다면 분명 자기만의 영역을 찾을 수 있을 것이다. 자기 분야에서 튀어야 살아남는다.

6

믿을 수 없는 내 기억력

몇 년 전에 방송인 이성미가 텔레비전 모 프로그램 건강 관련 코너에 출연해 지금까지 8번의 수술을 받았다고 했다. 출연진들이 모두 놀라며 어떻게 그렇게 살 수 있었냐며 안타까워했고, 동료 방송인 박미선은 이성미를 보고 눈물을 흘렸다. 작고 여린 체구의 이성미가 그렇게 힘든 시간을 보냈다는 것에 대해 모두들 가슴 아파했다. 나 역시 그 프로그램을 보면서 참 안쓰러웠다.

그런데 나는 지금까지 살면서 전신마취를 동반하는 크고 작은 수술을 15번 받았다. 30대 후반부터 본격적으로 수술실에 들락거리기 시작했다. 앞으로 1년 이내에 2번의 수술이 더 남아 있으니 그 횟수는 더 늘어나겠지……. 제발 죽기 전까지 남은 2번이 마지막 수술이 되기를 바라는 마음 간절하다.

전신마취를 하고 나면 기억력이 떨어진다는 속설이 있다. 임상적으로 증명된 것인지 그저 기억력이 떨어진 자신을 합리화하기 위한 말인지는 모르겠지만, 전신마취와 기억력은 내 경험상 어느 정도 관련성이 있다고 생각한다. 20년 전에 아이들 수업하기 위해 읽었던 동화책 내용은 세세하게 기억하는데 최근에 읽은 책은 기억이 가물가물하다. 책 내용뿐만 아니라 어떤 사건에 대해서는 전혀 기억이 나질 않으니 이러다가 기억 상실증이라고 진단받게 되는 건 아닐까 살짝 걱정되기도 한다. 건망증이라고 하기에는 지나치다 싶을 정도로 전혀 기억이 나지 않는 일이 몇 가지 있으니 아마도 실제로는 내가 기억하지 못하는 사건이 더 있을 확률이 높다. 그 사건과 연관된 이들이 내게 아직 말하지 않은 것들.

점점 떨어지는 내 기억력을 되돌릴 방법은 없고 그렇다면 대안을 찾아야겠다고 생각했다. 물론 여기저기 메모하고 낙서하는 것을 좋아해 수첩이 몇 개나 되지만, 제대로 정리가 되어 있지 않아 필요할 때는 어디에 있는지 찾을 수 없어 무용지물인 경우가 종종 생겼다. 종이에 메모하는 것에 한계가 있으니 스마트하게 컴퓨터나 핸드폰을 이용해 메모하자고 생각하고 사용했지만 아날로그 세대에다 기계치인 나에게 스마트기기는 돼지 목에 진주 목걸이 격이었다. 그동안 아이들 수업을 위한 자료는 모두 엑셀이나 한글을 이용해 만들었다. 기본적인 기능밖에 사용할 줄 모르니 자료 만들려면 시간과 에너지가 많이 들었다. 아래아한글로 표를 만드는데 내 마음대로 안 돼서 만들다가 없어진 기록이 한두 개가 아니다. 한 번은 지인이 내가 엑셀로 만든 문서에 계산기로 계산해서 값을 타이핑하는 모습을 보고는 어이없는 웃음을 터뜨렸다. 엑셀은 자동 계산이 가장 큰 매력이라는데 나는 엉뚱한 기능으로 쓰고 있었으니 웃지 않을 수 없었겠지. 지인이 수정해 준 문서는 편리하고 한눈에 보기에도 참 예쁘고 깔끔했다.

그래도 포기할 수 없지 않은가! 스마트기기에 도전하기로 하고 예쁜 자료를 만들기 위해 일단 PPT 관련 책을 샀다. (무슨 일을 하든지 나는 가장 먼저 책으로 시작한다. 철저한 이론주의자.) 그런데 아무리 읽어도 무슨 말인지 도대체 알아들을 수가 없었다. 분명히 한글로 쓰여 있는데 무슨 말인지 알아듣지 못하니 당연히 다음으로 넘어갈 수가 없었다. 역시 누구나 자신만의 분야가 있으니 도움이 필요할 때는 전문가의 도움을 받는 것이 최고다. 결국 주민자치센터에서 하는 컴퓨터 수업에 등록했다. 아주 열심히(?) 배웠지만 반의 반 정도만 알아들었다. 내 기억력을 믿을 수 없기에 선생님이 시범을 보여 주는 화면에 대한 설명까지도 다 기록했다. 나빠지는 기억력은 스마트기기 사용법을 배울 때는 더욱 유감없이 발휘됐으니…… 스마트기기를 아날로그 방법으로 배우고 있었던 것이다. PPT, 에버노트, 씽크와이즈 등 하나씩 하나씩 배워가면서 편리한 전자기기보다는 손으로 기록하는 것의 중요성을 더 깊이 느끼는 아이러니를 체험했다.

그러던 중 독서 모임을 통해 알게 된 '3P 바인더'를 사용하기 시작했다. 3P 바인더는 섹션을 내 마음대로 조정해서 쓸 수 있고, 컴퓨터에서 하듯이 쉽게 이쪽저쪽으로 편집이 가능해서 좋았다. 날마다 기록하고 수시로 낙서하면서도 내 일정을 체크하기에 '딱' 맞았다. 바인더에 기록하는 내용이 다양하고 분량이 많아지니 두꺼워져서 조금 무겁다는 단점이 있기는 하지만, 믿을 수 없는 내 기억력을 저장하는 데는 그만이었다. 수시로 바인더를 들춰보며 예전 기록과 연관된 기억을 떠올리기도 하고 잊고 지냈던 목표나 결심 사항도 다시 되새길 수 있다.

점점 약해지고 여러 면에서 뒤떨어지는 쪽으로 달라지는 내 모습을 보고 실망한 채 앉아만 있을 것인가? 세월이 흐르고 나이를 먹으면서 약해지는 부분도 있지만 나름대로 좋은 점도 많다. 어떤 부분을 바라볼 것인가는 본인의 선택이다. 그 선택에 따라 자기 삶의 방향이 정해진다. 자신이 내디딘 한 발자국이 얼마나 큰 방향성으로 나타나는지 시간이 흐른 뒤에 극명하게 드러난다. 동생과 함께 갔던 여행에 대한 이야기를 듣고 전혀 기억이 나지 않아 당황했던 그 순간부터 나는 내 기억력을 믿지 않기로 했다. 처음에는 나 자신에게 너무 놀라고 어이없어서 스스로에게 화가 났다. 어떻게 이럴 수 있는지 이해할 수가 없었다. 일상생활에서 사소하게 있었던 일에 대한 기억 상실이 아니라 제법 중요한 일에 대해 전혀 기억하지 못한다는 사실을 받아들일 수가 없었다. 아니 받아들이고 싶지 않았다. 순식간에 내 기억력이 현저하게 떨어지고 있다는 사실을 인정하지 않으려고 수십 가지 이유를 찾았다. '너무 여러 번 수술을 받느라 전신마취제를 써서 그런 거야.', '그때는 분명히 내가 신경 쓰고 있는 다른 일이 너무 많아서 그랬을 거야.' 등 나를 합리화시킬 만한 이유를 재빠르게 찾았다. 그런 걸 보면 기억력이 그렇게 나쁜 것 같지는 않은데……. 아무리 부정하고 이유를 들이대도 현실은 변하지 않는다. 차라리 그냥 인정하고 대안을 찾는 게 더 현명한 선택이다.

지금도 쌓아 둔 수첩을 뒤적이며 그때의 기억을 되살려 이 글을 쓴다. 수첩에는 그날의 충격에 대해 이렇게 쓰여 있다.

"내가 미쳤나 보다. 전혀 기억이 나지 않는다. 앞으로 이런 일이 자주 생기면 어떡하지……."

먼 훗날 오늘 일도 기억이 나지 않을 것을 대비해 바인더를 펴고 적어 둔다. '믿을 수 없는 내 기억력'이라는 제목으로 글을 썼다고.

7

나 돈 좀 쓰는 사람이야

"엄마, ○○ 이모부는 어떤 일을 하셔?"

"왜?"

"내 생각에는 어려운 일을 하시는 것 같아."

"어려운 일? 그게 무슨 뜻인데?"

"텔레비전에 나오는 거 있잖아. 큰 사무실에서 일하는 거."

친구 부부가 우리 집에 왔을 때, 아이는 친구 신랑을 보고 이렇게 말했다. 내용인즉 친구 부부가 회사 퇴근 후 바로 우리 집으로 왔기에 정장 차림이었다. 아이는 정장 차림의 친구 남편을 보고 드라마에서 나오는, 깨끗한 사무실에서 일하는 사람이라는 생각이 들었나 보다. 자기는 크면 이모부처럼 큰 회사에서 일할 거라고 했다. 현장에서 일하는 아빠는 매일 작업복 차림인데 친구 남편이 깨끗한 정장 차림인 것이 아마 좋아 보였나 보다. 그날 아이와 직업에 대해 이런저런 이야기를 했지만 아직 초등 저학년인 아이가 이해하기에는 좀 어려웠을 것 같다.

직업을 갖는 이유가 자기 발전과 자아실현을 위해서, 사회 구성원으로서의 역할을 위해서, 돈을 벌기 위해서 등 여러 가지라고 학창 시절에 배웠던 기억이 난다. 어른이 되면 누구나 직업을 가져야 하고, 이왕이면 근사하고 안정적인 직업을 갖고 싶은 욕심이 있다. 사람이 태어나서 죽을 때까지 가장 오랜 시간 동안 하는 것이 '일'이기에 어떤 직업을 선택하느냐는 중요한 문제다. 옛날이나 지금이나 좋은 직업을 갖기 위해 치열하게 공부한다고 해도 과언이 아니다. 지금 이 시간에도 직업을 갖기 위해 수많은 젊은이가 고시원에서, 학원에서, 학교에서 젊음을 소비하고 있다. 최근에는 취업하기가 더욱 어려워서 아예 포기하는 젊은이들이 늘어 가고 있다니 참으로 안타깝고 우리 아이들이 살아갈 미래가 걱정된다.

프리랜서로 일하면서 자리 잡은 후 하루가 24시간인 것이 아쉬웠다. 나에게 수업받고 싶어 하는 아이들은 많은데 시간은 한정돼 있으니 안타까울 뿐이었다. 내가 아이들에게 좋은 영향을 끼치고 있다는 고상한 이유보다는 그동안 직장 유목민으로 여기저기 헤매다가 찾은 새로운 직업에서 좋은 성과를 내고 경제적으로도 안정됐다는 사실이 가장 좋았다. 제대로 된 직장에서 일한 경험도 없고, 내가 원하지 않아도 문 닫은 회사 때문에 한 직장에서 오랫동안 일 한 적이 없었다. 불안하고 불편한 날들이었다. 그러다가 내가 누구인지 찾는 과정을 통해 내 적성에 맞는 일을 찾았고 열심히 노력해서 안정적인 궤도에 진입했으니 마음속에서 서서히 허세가 싹트기 시작했다.

잠자는 시간을 제외하고는 모두 일하는 데 썼기에 수입이 많았다. 내가 수업하는 시간에 비례해 수입이 늘었다. 그러니 24시간이 짧았고 주말에도 쉬지 않고 일했다. 일한다는 사실이 즐겁고 월말에 수업료가 통장에 찍힐 때마다 기가 팍팍 살았다. 늘 경제적으로 궁핍한 상황에서 살았다. 내가 하고 싶은 것, 사고 싶은 것을 걱정 없이 하거나 산 적이 한 번도 없었다. 매달 날아오는 청구서는 가슴을 조이고 가족, 친구, 친지들의 기념일은 부담스러운 행사였다. 돈 쓸일 생기는 게 겁났다. 무엇보다 궁핍한 모습이 들통날까 봐 전전긍긍하는 나 자신이 초라했다. 그런데 이제는 아니었다. 내 맘대로 쓸수 있을 정도의 돈이 생겼다. 가장 먼저 차를 샀다. 날마다 책이 잔뜩 들어 있는 무거운 가방을 들고 다니지 않아도 된다는 이유를 대면서 차를 주문했지만 더 진실한 이유는 돈 좀 쓰고 싶었다. 계약서 쓰면서 일시에 현금으로 탁! 내는 여유 있는 사람이라는 것을 과시하고 싶었다. 장롱 깊숙이 박혀 있는 면허증을 꺼내 당당하게 차량등록을 하고 차를 운전하고 나섰던 첫날, 도로에서 쩔쩔맸던 경험이 떠오른다. 너무 용감했던 시절이.

평소 물건에 대한 욕심이 없는 편이라고 생각했다. 그런데 욕심이 없던 게 아니고 소유할 수 있는 능력이 없으니 미리 포기했던 것이다. 마음속 깊숙이 숨겨 놓았던 소유욕과 과시욕이 슬금슬금 올라왔고 신나게 돈을 썼다. 다른 물건에는 관심이 별로 없었지만 유난히 자동차에 집착했다. 2년마다 차를 바꿨다. RV, 중형차, 경차, 다시 RV. 그나마 수입차는 안 샀으니 다행이다. '열심히 일했는데 이 정도는 나를 위해 써도 된다'라고 스스로 위로하면서 돈을 썼다. 정말 미쳤었다. 하루는 동생과 함께 쇼핑 가서 스키복을 샀다. 고급 브랜드 스키복을 세트로 샀지만 추위를 심하게 타는 나는 스키장에 딱한 번 가서 호되게 넘어지고 난 이후 다시는 입지 않았다. 결국 재활용 수거함으로 들어갔다. '돈'에 대해 올바른 가치관이 없고 어떻게 돈을 써야 하는지에 대한 기준이 없으니 그저 기분 내키는 대로 했다.

그러다 어느 순간 정신이 번쩍 들었다. '내가 지금 뭘 하고 있는 거지?' 이렇게 살다가는 얼마 못 가 다시 나락으로 떨어질 게 뻔했다. 정신을 차려야 했다. 그래서 재무 관리, 돈, 부자와 관련된 분야의 책을 읽기 시작했다. ≪부의 법칙≫, ≪0원에서 시작하는 재테크≫, ≪돈 걱정 없는 우리 집≫, ≪부자들의 가계부≫ 등을 읽으면서 점검해 본 나는 '돈'에 대해 너무 무식했다는 것을 인정할 수밖에 없었다.

가장 먼저 가계부를 쓰기 시작했다. 처음에는 어려웠다. 하지만 수입과 지출이 어떻게 이루어지고 있는지 단순하게 기록하는 것만으로도 문제점이 보였다. 그리고 '경제'에 대해 구체적인 계획을 세웠다. 이제는 똑같은 돈을 쓰더라도 의미가 달랐다. 목표가 생기니 더 이상 차를 바꾸고 싶은 욕심은 생기지 않았다.

소비를 통해 자신을 드러내고 싶고, 불만족스러운 욕구를 해결하기 위한 방법으로 소비를 하는 사람이 많다. 그렇게 시작된 소비가 자신을 빚의 구렁텅이로 몰아넣는 경우도 주변에서 종종 본다. 소비가 무조건 나쁜 것은 아니지만 내가 그랬던 것처럼 자신을 과시하기 위한, 본능적인 욕구 해결만을 위한 소비는 지양해야 한다. 자신이 지금 소비하는 이유가 무엇인지 생각해 보고, 건전한 소비를 통해 자신도 만족스럽고 사회에도 도움이 되는 선순환이 생기면 좋겠다.

지금도 나는 '돈 좀 쓰는 사람'이다. 물건이 아니라 가치를 위한 소비를 하는.

8
나만의 색깔로 승부하기

이른 새벽에 독서 모임을 하기 위해 집을 나선다. 토요일 새벽 6시 40분에 시작하는 독서 모임에 참석하려면 집에서 5시 30분에는 출발해야 한다. 누가 시켜서 하는 것도 아니고 좀 더 의미 있게 열심히 살고 싶어서 스스로 선택한 모임이다. 그 독서 모임이 '양재 나비'다. 3P 바인더 강규형 대표님이 양재동 지하 사무실 한 켠에서부터 시작한 모임이라고 한다. 지금은 문정동에서 독서 모임이 이루어지고 있지만 여전히 '양재 나비'라고 부른다.

그 모임에 대해 알게 된 후 처음 참석한 날은 1월이었다. 새벽 5시는 깜깜 나라다. 매서운 추위에 차도 꽁꽁 얼어붙어 있고, 눈이라도 내린 날에는 차에 시동을 걸어 눈과 얼음을 녹인 후 출발해야 한다. 이렇게 새벽부터 열심히 사느라고 애쓰는 나 자신이 기특하기도 하고 대견스럽다. 새벽에 어딘가를 향해 달리는 차를 보면서 저들은 무엇을 위해 이토록 이른 새벽부터 움직일지 궁금했다.

새벽 독서 모임에는 놀랄 만큼 많은 사람이 참석한다. 더욱 놀라운

것은 대구나 제주 등 지방에서 오는 사람들이 있다는 사실이다. 독서
모임에 참석하기 위해 하루 전 서울에 와서 숙박을 하고 새벽 모임에
오는 사람들도 있고, 새벽 1~2시에 출발하는 고속버스를 타고 올라
오는 사람들도 있다. 1시간 거리에서 오는 나는 명함도 못 내밀 상황
이다. 무엇이 그들을 그렇게 움직일 수 있도록 하는 것일까?

새벽부터 모이는 사람들이기에 그들의 열정은 대단하다. 열정적
인 사람들과 함께 있으면 자극을 받을 수 있고, 잠들어 있는 내 열
정을 깨울 수 있어서 좋다. 그렇기에 추운 겨울 새벽도 마다하지 않
고 열심히 독서 모임에 참석했다. 한 달, 두 달, 한 해, 두 해, 참석
하는 기간이 길어지면서 내 마음이 흔들리기 시작했다. 다양한 직업
에 종사하는 사람들의 다양한 이야기를 들으면서 많은 도움을 받았
지만, 어느새 나도 모르게 그들과 나를 비교하고 있었던 것이다. 내
가 아무리 열심히 해도 저들처럼 될 수 없다는 자괴감. 타고난 재능
을 노력으로는 절대 뛰어넘을 수 없다는 무력감. 저렇게 젊은 나이
에 모두 지기 분야에서 죄고가 되고 당당하게 자기 삶을 펼치고 있
는데, 나는 우물 안 개구리처럼 한 가지밖에 모른 채 살아가고 있는
것 같은 답답함. 끝없이 밀어닥치는 부정적인 감정들로 나는 점점
의기소침해지고 자신감이 떨어졌다.

그동안 아이들에게 독서와 글쓰기를 가르치면서 나름대로 '내 것'을
만들었다고 생각하며 자부심 갖고 살았는데 그 모든 것이 너무 보잘것
없는 것처럼 생각됐다. 도대체 이유가 뭘까? 나는 또다시 고민과 분석
에 들어갔다. 원인은 하나, 나를 남과 비교하고 있었기 때문이다.

'남과 나를 비교하지 말고, 어제의 나와 오늘의 나만 비교하라.'

내가 삶에서 모토로 잡고 있는 말 중 하나다. 그런데 어느 순간
이 말을 놓아 버렸다. 분명히 어제보다 오늘 나는 조금 발전하고 성

장했는데 그런 자신을 바라보기보다는 나보다 몇 배나 빠른 속도로 움직이고 있는 남들과 나를 비교하고 있었던 것이다. 각자 가지고 있는 재능이 다르고 관심 분야가 다른데, 나는 보이는 능력에 초점을 맞추고 거기에다 자신을 비교하면서 스스로를 깎아내리고 있었던 것이다. 자전거를 타고 한강 변을 달리면서 도시고속도로를 달리고 있는 자동차를 바라보며 한탄하고 있는 셈이었다. 참 어이없는 상황이다. '나'라는 인간이 얼마나 나약하고 쉽게 무너지는지 또 한 번 경험했다.

내가 그동안 겪은 마음고생을 함께 모임에 참석하는 친구에게 이야기했더니 어이없다며 웃었다. 사실은 자기도 그런 감정을 느꼈는데 그 대상이 바로 '나'였다며. 둘은 서로를 보며 웃을 수밖에 없었다. 자주 이야기를 나누고 격려해 주며 지냈는데, 마음속에는 묘한 경쟁심을 가지고 있었다니. 그것이 선의의 경쟁심이기에 다행이지 하마터면 친구를 잃을 뻔했다.

혼자서 살 수 없는 인간은 사회를 이루며 끊임없이 사람들과 관계를 맺으면서 살아간다. 관계를 통해 서로에게 도움을 주기도 하지만 관계 때문에 힘들어지는 경우도 많다. 어떤 경우에도 미리 계획한 대로만 흘러가는 관계는 없다. 결국 어떻게 해석할 것인가는 자신의 몫이다. 선택에 대한 책임은 자신에게 있기에 자신이 어떤 의도로 선택했는지를 잘 살펴볼 필요가 있다. 그런 자신의 모습을 마주한다는 것이 결코 유쾌하거나 쉽지는 않지만 꼭 필요하다.

이 세상을 나 대신 살아 주는 사람은 아무도 없다. 결국 내 삶은 내가 만들어 가야 한다. 어떤 삶을 만들 것인지, 어떻게 살 것인지를 끊임없이 질문하고 고민하며 한 걸음씩 앞으로 나아가야 한다. 그렇게 하기 위해서 해야 하는 일이 '독서'다. 독서를 통해 질문에 대한 답에 한 걸음 더 다가갈 수 있다. 그것이 내가 살아가는 방법이다. 나는 나만의 색깔을 가지고 있다. 날씨 좋을 때는 색이 선명하고 예쁘게 보이지만, 날씨가 흐리거나 비가 올 때는 우중충하고 퇴색된 것처럼 보이기도 한다. 색깔 자체가 변한 것이 아니라 내 마음이 흔들릴 때마다 다르게 보이는 것이다. 때때로 내 마음이 흐려져 나만의 색깔이 마음에 안 들기도 하지만, 그래도 나는 나만의 색깔을 가지고 살고 싶다. 빨간색인 내가 싫다고 노랑, 파랑으로 자꾸만 바꾸려 하다가 보면 결국 검은색이 되어 버릴 테니까.

제5장

독서는 평생 습관

우리 집 식탁 한쪽 벽면에는 "가난한 사람은 독서로 부자가 되고, 부자는 독서로 귀한 사람이 된다"라고 쓴 종이가 3년째 붙어 있다. 내가 존경하는 인생 선배님이 늘 강조하시는 말씀이다. 선배님은 자신이 가난하고 배우지 못한 사람이었는데 독서를 통해 사업을 일으켜 부자가 되었고, 부자가 된 이후에도 꾸준히 독서를 통해 자신을 관리하고 계신다고 하며 만나는 사람에게 이 말을 늘 강조하신다. 그분의 삶의 태도를 몇 년째 옆에서 지켜본 사람으로서, 말뿐만 아니라 실천하는 모습에 더욱 신뢰가 생기고 나도 그분처럼 살아야겠다는 다짐을 한다. 선배님처럼 독서를 통해 자신의 인생을 바꾼 사람들을 자주 만날 수 있다. 김병완, 이지성, 사이토 다카시 등 잘 알려진 사람들도 있지만 자기 자리에서 꾸준한 독서로 새로운 삶을 살아가는 사람들을 우리 주변에서도 심심치 않게 찾아볼 수 있다. 독서가 얼마나 큰 잠재력을 가지고 있으며, 우리 가슴 속 깊숙이 묻혀있는 가능성을 끌어내 주는지 경험해 본 사람은 독서의 매력에서 벗어날 수 없다. "독서의 매력을 한 번도 못 느껴본 사람은 있어도 한 번만 느껴본 사람은 없을 것이다"라는 어느 광고 카피처럼. 그런 독서의 매력에 빠지기 위해서는 단 한 권의 책, 한 번의 독서가 아니라 평생 책을 곁에 놓고 읽는 습관을 들여야 한다. 독서 습관으로 가난에서 벗어나고, 가난에서 벗어났다면 이제 귀한 사람이 되어야 하지 않겠는가!

1

넓은 세상, 넓은 마음

"너는 왜 이렇게 날마다 애들을 집으로 다 끌고 오니?"

"내가 그러는 게 아니고 애들이 우리 집이 편하다고 가자고 하는 걸 어떡해?"

"그래도 그렇지…… 매번 시끄러워 죽겠어."

"언니, 미안해. 조용히 할게."

"아휴, 몰라."

동생이 성당에서 주일학교 선생님으로 봉사를 하고 있었다. 교사들은 아이들에게 전달할 내용을 서로 의논하고 교안도 짜야 해서 공식적으로 모임이 있는 날 말고도 자주 모였다. 대부분 대학생이나 젊은이들이기에 친교를 위한 목적도 있지만. 그렇게 모임이 있는 날에는 대부분 우리 집으로 왔다. 처음에는 교리 교육에 필요한 이야기를 나누지만, 하다 보면 웃고 장난하느라 화기애애한 분위기로 바뀐다. 모임이 길어지고 간단한 다과에 맥주라도 한잔하는 날에는 새벽까지 이어질 때도 있다. 동생은 교리 봉사도 좋지만 사람들과 함께 즐거운 시간을 보내는 것에 대해서 매우 만족해했다. 천성이 순하고 착한 동생은 사람들을 좋아했고, 다른 사람의 필요한 부분을 먼저 살펴서 조용히 움직이는 성향이라서 나이와 상관없이 많은 사람이 동생을 잘 따랐다. 매번 교사 모임이 이루어지고 난 후 불평한마디 없이 뒷정리하는 동생을 보면서 참 속도 없다고 생각한 적도 있었다. 하루는 동생과 동료들이 사소한 이야기로 웃고 떠드는 소리에 내 신경이 날카로워져서 방문을 확 열어 분위기를 싸~ 하게 만들기도 했다.

동생에 비해 나는 속이 좁은 사람이다. 누군가가 내 시간이나 공간에 개입하는 것을 싫어하고, 특히 특별한 목적도 없이 그저 모여서 웃고 떠들며 시간을 낭비하는 건 한심한 행동이라고 생각했다. 그래서 나는 까칠하다, 예민하다는 평가를 자주 들었다. 친구 관계도 폭이 좁아서 소수의 몇몇 친구와 매우 깊은 관계를 유지할 뿐, 그저 가벼운 관계를 유지하고 있는 친구는 거의 없었다. 학창 시절 3~4명이 우르르 몰려다니는 것을 보면 좋은 점보다는 나쁜 점을 주르르 나열하며 몰려다니는 것은 나쁜 것이라고 단정 짓곤 했다. 밴댕이 속 알 딱지라는 말이 딱 어울리는 사람이다.

좁은 속으로 바라보는 세상은 좁고도 좁았다. 할 수 있는 일도 별로 없었고, 나를 받아 주는 곳도 없었고, 도전할 수 있는 용기도 없었다. 보이는 것마다 불만이었고, 생기는 일마다 나쁜 일이었고, 손대는 일마다 망했다. 도대체 어디서부터 다시 시작해야 하는지 알 수가 없었다. 부어터진 속을 엉뚱한 곳에 대고 화풀이를 했다. 얼토당토않은 이유를 대면서 큰 언니라는 권력(?)을 이용해 동생을 몰아붙이고, 사람들을 불편하게 만들었다. 엄마는 나에게 "집에 문턱이 닳도록 사람들이 드나들어야 福도 함께 들어오는 거"라며 마음을 넓게 가지라고 당부했다. 하지만 내 마음을 내 마음대로 움직이게할 수 없었다. 내 마음의 주도권을 통제 불가능한 감정에 빼앗겼다.

이때 내가 다니는 성당은 '공소'였다. 공소란 본당에서 관리하는 지역 중 여러 가지 이유로 신부님이 상주하지 못하고 신자들끼리 모여 신앙생활을 유지하는 형태를 말한다. 동네가 서울에서도 변두리였는데 개발 계획에 힘입어 유동 인구가 늘어날 것으로 예상되면서 미리 신앙 터전을 잡기 위해 서울 교구에서 성 골롬반 외방 선교회 소속 신부님을 파견해 공소를 설립한 것이다. 공소 담당 신부님은 선교회 소속 신부님이라서 외국 사람이지만 한국어를 유창하게 구사하는 분이셨다. 본당에서 신앙생활을 할 때는 수많은 사람 틈에 끼어 있으니 '나'라는 존재를 알릴 필요도 없었고, 알고 싶어 하는 사람도 없었다. 그런데 오랫동안 같은 동네에서 살고 규모가 작은 신앙 공동체가 되니 한 사람의 손이 아쉬울 정도로 봉사자의 손길이 필요해졌다. 자연스럽게 나는 신부님과 수녀님의 권유로 성당에서 주일학교를 담당하는 봉사를 하게 됐다. 덕분에 신부님 곁에서 신부님을 지켜볼 수 있는 시간이 많았다.

정말 신기했다. 도대체 무엇이 저런 분들을 이렇게 먼 나라에서 불편하고 힘든 일을 할 수 있게 하는 것일까? 신부님은 학벌도 훌륭했고 인품도 훌륭했고 유머 감각도 넘쳤다. 신부님뿐만 아니라 신부가 되기 위해 공부하러 왔던 학사님도 내 기준으로는 도저히 이해할 수 없는 사람들이었다. 세속적인 기준에서 보면 부족함이 아무것도 없는 분들인데 그런 것을 넘어서 자신의 일생을 바칠 수 있는 이유가 무엇인지 궁금했다. 신부님은 내게 자연스럽게 이런저런 말씀을 자주 해 주셨다. 구수한 사투리와 유머를 섞어 가면서 아주 자연스럽고 부드럽게. 대부분 한 인간으로서의, 신앙인으로서의 마음 자세에 대한 이야기였다. 그리고는 책을 한 권씩 주셨다. 신앙 서적이 대부분이었지만 가끔 철학서도 있었다.

진심으로 존경하는 분을 만나니 그분의 영향력은 엄청 컸다. 돌처럼 단단하게 굳어 있던 내 마음이 살살 풀어지기 시작했다. 세상을 살아가는 법에 대해 말로만 이해한 것이 아니라 직접 몸으로 보여 주는 멘토의 삶을 보면서 느끼는 게 많았다. 부모님을 비롯해 주변에서 열심히 사는 사람이 많았지만 지금까지는 모두 삶의 테두리가 좁았다. 당장 먹고사는 문제가 시급했고, 내 가족, 내 집안이 먼저였기에 보다 큰 세상을 바라보는 안목을 갖지 못했다. 아니 그분들이 그런 안목이 없었던 게 아니라 내가 그런 것을 알아볼 수 있는 눈이 없었던 거다. 그런데 자신의 모든 것을 버리고 인류애를 실천하며 사는 신부님의 모습은 나에게 너무나 신선한 충격이었다. 게다가 메시지 전달 방법도 너무 유연했으니.

나는 조금씩 달라졌다. 마음의 문을 열고 세상을 바라보기 시작했다. 세상은 내기 생각했던 것처럼 그렇게 살기 힘든 곳만은 아니었다. 세상은 살 만한 가치가 있는 곳이었고, 세상에는 좋은 사람이 훨씬 많으며, 세상은 내가 열어 놓은 마음 크기만큼 내게 자신을 보여 주는 곳이었다. 자꾸만 뒤를 돌아보며 신세타령만 하던 나는 이제 앞으로 고개를 돌렸다. 고개를 돌려 보니 눈앞에는 찬란한 태양이 빛나고 있었다.

2

독서 모임을 만들다

　책을 읽다 보면 사회적으로 지도층에 속하는 이들의 독서 습관에 관한 내용을 접할 때가 있다. 그들이 어떻게 성공했는지 그 방법은 각각 다르지만, 공통적인 것은 바로 독서를 열심히 했고, 누구나 '인생의 책'을 한두 권씩 가지고 있다는 것이다. 인생의 책으로 자신의 삶을 바꿨고, 어려움을 이겨냈다는 이야기를 접할 때마다 의아심이 생겼다. 그들이 인생의 책으로 꼽는 책은 대부분 나도 한 번쯤 읽은 책인데 나는 그 책을 읽었다고 해서 인생이 바뀌지도 않았고 어려움을 극복하는 데 결정적인 도움이 되지도 않았기 때문이다. 도대체 뭐가 다른 것일까? 여러 가지 이유가 있겠지만 나는 '함께하기'에서 답을 찾고 싶었다. 나 혼자 읽고 좋다며 고개를 끄덕이고 책장을 덮는 독서가 아니라, 함께 이야기 나누고 서로의 삶에 영향을 미치는 독서로 확장하기 위해서는 뜻이 맞는 사람들과 정기적인 모임을 가져야 할 필요성이 있다고 생각했다. 그래서 독서 모임을 만들기로 했다.

가장 먼저 나와 수업하는 학부모 중에서 가깝게 지내는 엄마들을 대상으로 잡았다. 한 사람 한 사람에게 나의 취지를 설명하고 함께 독서 모임을 하자고 초대했다. 그러나 내 초대를 받아들이겠다는 사람은 달랑 한 명이었다. 가끔씩 모여 점심도 함께 먹고 차도 마시며 인간적으로는 제법 가까운 사이라고 생각했는데 모두들 독서 모임 같은 것은 부담스러워 싫다고 했다. 할 수 없이 계획을 포기했다. 또다시 혼자만의 독서로 돌아갔다.

마음속 갈증을 해소하기 위해 이런저런 독서 모임을 알아보다가 '양재 나비'를 알게 됐고, 3P 자기경영 연구소에서 진행하는 '독서 리더 과정'을 등록했다. 아이들에게 독서와 글쓰기를 지도하는 일을 하는 사람으로서 다른 사람들은 어떻게 독서하는지 궁금했기 때문이다. 그 과정 중 '독서 모임 만들기'가 있었다. 조금 망설여졌다. 이미 몇 년 전에 시도했다가 포기한 경험이 있기 때문에.

친한 친구에게 도움을 요청했다. 그 친구는 사교적인 성격이라서 많은 사람에게 이야기했고, 함께하겠다는 사람이 5명 생겼다. 한 명, 두 명 관심 있어 하는 사람이 늘어 드디어 여덟 명이 독서 모임을 시작했다. 독서 모임을 진행하기 위해 많은 준비가 필요했다. 혼자서 책을 읽는 것과는 달리 책 선정, 장소 섭외, 독서 모임 진행 방법, 시간 정하기, 간식 준비 등 많은 준비를 해야 했다. 하나라도 더 나누고 싶은 마음에 자료 준비를 위해 PPT 작성법을 배우려고 주민센터 컴퓨터반에도 등록해서 교육을 받았다.

첫 모임은 서로 간단한 자기소개로 서먹한 분위기를 풀고, 독서 모임의 취지와 진행 순서, 지정 도서 목록 소개 등 전반적인 사항에 대해 오리엔테이션으로 진행했다. 모두 그동안 소홀했던 독서를 다시 시작한다는 생각에 스스로 뿌듯해했고, 혼자가 아니라 함께하기에 서로에게 동기를 부여해 줄 수 있다는 사실에 든든해했다. 그렇게 시작된 독서 모임은 점점 참여하는 사람이 늘었다.

지정 도서를 읽고 와서 자기 생각과 경험을 나누고 반드시 실천 사항을 한 가지씩 실천하고 와서 나누는 게 우리 독서 모임의 규칙이었다. 같은 책을 읽었지만 이야기를 통해 서로의 다른 생각과 다른 경험을 들으면서 '사람은 모두 나와 참 많이 다르구나!'라는 것을 느끼는 순간이 많았다. 독서 모임 회원이 모두 주부라서 공감할 수 있는 부분이 많았다. ○○ 씨는 그동안 마음속에 품고 있었던 아픈 사연을 꺼내 놓아 함께 마음 아파하고 눈물 흘렸다. 누군가의 공감을 얻는다는 것이 얼마나 큰 치유 효과가 있는지 현장에서 체험한 순간이다.

독서 모임을 통해 변화를 시도하는 회원들이 늘었다. 경화 씨는 그동안 하고 싶었지만 여러 가지 현실적인 이유로 미뤘던 '문화 해설사'에 도전해 바쁜 중에도 교육받으러 다니고, 자격증까지 취득했다. 자격증 취득 후 독서 모임 회원들에게 창덕궁과 경복궁 문화 해설을 해줘서 즐겁고 뜻깊은 야외 모임을 하는 호사를 누렸다. 학창 시절에 그렇게 많이 다녔던 경복궁과 창덕궁에 그런 이야기가 있었다는 것을 이제야 알게 됐다니, 아는 만큼 보인다고 죽을 때까지 공부해야 한다는 생각이 든다. 진아 씨는 이사 온 후 낯선 곳에서 외로움을 느끼던 터에 독서 모임에 참여하게 됐다. 박물관 학예연구사였던 진아 씨는 독서 모임에서 자신의 전공인 박물관에 대해 소개하고 박물관의 가치와 미래에 대한 설명으로 우리의 시야를 넓혀줬다. 지금은 새로 오픈하는 박물관 프로그램을 기획하는 일을 하고 있다. 벌써 박물관을 네 개나 오픈한 능력자다. 현재 고양시 장천 꽃 박물관 학예연구사로 활발하게 활동하고 있다. 정숙 씨는 독서 모임을 통해 새로운 일을 찾았다. 지정 도서를 정할 때 한 분야에만 치우치지 않도록 신경을 썼다. 유독 경제 분야에 관심을 갖던 정숙 씨는 경매에 도전해서 공부도 하고 직접 실습도 하면서 실력을 쌓고 있다. 경매 법원에도 다녀오는 등 본격적인 경제 활동을 시작했다. 그동안 주부로서만 살았는데 이제 자기가 좋아하는 일을 발견했다고 환하게 웃던 모습이 생각난다.

독서 모임 회원들이 하나둘 새로운 변화를 시도할 때마다 기쁘기도 하고 시간상의 이유로 독서 모임을 떠나야 할 때도 있어서 아쉬웠지만, 나의 작은 시도가 여러 사람에게 좋은 영향을 끼친다는 사실에 뿌듯하고 보람찼다. 시간이 흐르면서 각자 역할을 분담하고 협력하면서 점점 단단하고 알찬 모임이 되고 있다. 작은 독서 모임이지만 저자를 모셔와 저자 특강도 진행했다. 열악한 환경임에도 마다하지 않고 저자 특강에 와 주신 저자님들께 감사드린다.

독서를 하는 근본적인 이유는 무엇인가?

내가 독서를 하는 첫 번째 이유는 '진정한 나'를 찾기 위해서다. 독서를 통해 진정한 내 모습이 무엇인지 찾고 진정한 내 모습을 인정해 자유로운 삶을 살고 싶기 때문이다. 두 번째 이유는 다양한 분야의 책을 읽어서 지적 능력을 확장하고 싶기 때문이다. 타고난 공부 머리가 없고 지식 습득 속도가 느린 나는 내 속도에 맞게 여러 분야의 책을 읽고 또 읽어서 지적 능력을 확장해야 한다. 세 번째 이유는 몰입의 즐거움을 느끼기 때문이다. 한 가지 일을 꾸준히 하는 것을 잘하는 성격이라서 책을 읽다 보면 어느새 깊이 몰입해 있는 경우가 많다. 문득 정신을 차렸을 때 그렇게 몰입하고 있던 순간이 너무 좋다. 마지막으로 내가 얻은 독서의 효과를 다른 사람들에게 전달하고 싶어서 책을 읽는다. 잘난 척하고 싶은 약간의 의도와보다 많은 사람이 책으로 변화된 삶을 살고 행복해지기를 바라는 큰 바램이 있어서다.

혼자서 책을 읽는 것도 좋지만 독서 모임에 참석하는 것은 더 좋고, 스스로 독서 모임을 운영해 보는 것은 더욱 좋다. 대한민국에 독서 모임이 아파트 숫자만큼 많아지면 좋겠다.

3

삶의 테두리를 넓히다

최근에 가장 많이 만난 사람 다섯 명은 누구인가? 어떤 사람을 자주 만나고 있는지를 살펴보면 자신의 삶의 반경을 가늠할 수 있다. 내가 자주 만나는 다섯 명은 가족이 첫 번째였고, 성당에서 함께 봉사하는 지인이 전부였다. 집, 수업, 성당, 집, 수업, 성당…… 이 범위에서 크게 벗어나지 않는 삶을 오랫동안 살았다. 그 테두리가 답답하거나 나쁘지는 않지만, 시간이 흐를수록 인간관계의 폭이 좁아지는 것 같은 조바심이 생겼다. 이런 고민을 이야기하면 인생 선배님은 "네가 정치계에 들어설 것도 아닌데 뭐가 그리 걱정이냐"며 현재의 인간관계를 잘 유지하는 것도 성공이라고 나를 위로했다. 그럼 또다시 내 자리로 돌아와 다람쥐 쳇바퀴 도는 일상을 살았다.

사랑의 반대말은 미움이 아니라 무관심이라고 했던 것처럼, 성공의 반대말은 실패가 아니라 무기력이다. 하는 일이 안정되고 그 기간이 길어지면서 더 이상 열정이 생기지 않았다. 모든 것이 감사하고 하루하루가 소중하지만, 타고난 에너지를 불태울 만한 관심사가 없었다. 나에게 도움을 요청하는 선생님들이 있었기에 내가 다른 사람들이 어떻게 일하고 있는지 관심을 가질 필요성을 못 느꼈다. 나는 충분히 잘나가고 있으니까. 여전히 책을 읽고 있지만 책 읽는 게 그렇게 신나지도 않고, 간절한 필요성을 느끼지도 않았다. 그래서 시선을 좀 더 밖으로 돌렸다. 가장 먼저 이런저런 강의를 들으러 다녔다. 인문학, 철학 강의뿐만 아니라 자치구에서 하는 오전 강의는 되도록 들으려고 찾아다녔다. 그때까지는 몰랐는데 자치구에서 하는 강의는 그 횟수도 많고 주제도 다양하고 강사도 훌륭한 분들이 많았다. 하지만 강의를 들으면서 안타까운 사실은 이렇게 좋은 강의에 참석하는 사람들이 많지 않다는 것이었다. 드문드문 앉아 있는 청중을 보면서 강의하는 분들이 과연 얼마나 힘이 날까? 수준 높은 강의를 무료로 제공하기에 좋은 기회인데도 참석률이 저조한 걸 보면 역시 지나친 복지는 사람을 무기력하게 만드는 함정이 있는 것 같다는 생각을 했다. 큰 자극을 받지는 못했지만 그래도 한 발 내딛는 계기가 됐던 시간이었다. 좋은 강의를 준비한 지자체와 열심히 세금 낸 모든 이에게 감사하다.

이런저런 강의를 들으러 다니면서 새로운 사람들을 만나게 되었다. 그동안 비슷한 생각과 반경에서 살아가는 사람들만 만나다가 새로운 관심사를 갖고 있는 사람을 만나는 건 나에게 큰 자극이었다. 하나같이 삶의 목표를 정하고 그 목표를 이루기 위해 열심히 달리는 사람들이었다. 그들을 만나면서 여러 가지 생각을 하게 되고, 나 역시 새롭고 명확한 목표를 갖게 되었다. 그중 하나가 '강사 양성'이었다.

유방암 수술을 받기 전날 밤에 알고 있는 것보다 내 상태가 심각한 상황이란 사실을 듣게 되었다. 단순히 수술하고 치료하면 될 거라고 생각하고 있었는데, 밤늦게 병실로 찾아온 의사의 설명을 듣고 밤새 잠들지 못했다. 나에게 새로운 삶의 시간이 허락된다면 선한 영향력을 끼치는 사람이 되겠다고 생각했다. 그중 하나가 바로 '강사 양성'이었다. 지금까지 나에게 수업받은 아이들이 좋은 성과를 많이 보여 주었고, 나 역시 만족하는 삶이었다. 그런데 이런 일을 더 많은 사람, 특히 육아 때문에 경력 단절된 여성들이 할 수 있도록 돕는다면 얼마나 좋을까? 고학력 여성이 넘쳐나는 이 시대에 육아 때문에 경력이 단절되는 건 국가적으로도 손해다. 개인적으로도 자존감이 떨어져 우울해하는 사람들을 보면서 안타깝고 돕고 싶은 경우가 여러 번 있었다. 그래서 구체적으로 준비에 들어갔다.

먼저 내 머릿속에만 있던 것들을 하나하나 문서화했다. 하나하나 배우고 연습했던 컴퓨터 활용 기술이 이럴 때 쓰였다. 역시 배워두면 쓸데없는 것은 하나도 없다. 언젠가는 반드시 쓸 일이 생긴다. 몇 번의 수정을 거치고 거쳐서 매뉴얼을 완성했다. 그리고 '강사 양성 과정'을 시작했다. 처음에 되도록 많은 사람에게 무료로 해 주고 싶어서 나라에서 진행하는 여러 가지 프로그램을 알아보고 상담도 받았다. 하지만 내 마음 같지 않았다. 그냥 내가 할 수 있는 선에서 시작하기로 했다.

처음에는 다섯 명의 선생님들이 지원했다. 새로운 출발을 준비하는 지원자들이 너무 기특하고 예뻤다. 내가 알고 있는 모든 것을 다 주고 싶은 마음에 20년 넘는 세월의 경험을 모두 쏟아냈다. 수업을 듣는 동안 해야 하는 과제가 아주 많다. 책 읽고 교재 연구하고 양식지도 써야 하고 피드백도 받아야 하고. 고맙게도 모든 선생님이 열심히 했다. 아이들을 가르칠 때와는 다른 만족감과 성취감, 뿌듯함이었다. 엄마가 책을 읽고 공부하는 모습을 보고 아이들이 변했다는 이야기를 들을 때 너무 행복했다. 책을 멀리하던 남편이 이제는 독서 목표를 세우고 열심히 책을 읽고 있다는 피드백을 들으면서 정말 내가 '선한 영향력'을 끼치고 있구나 싶어서 감사했다. 저녁에 가족이 다 같이 거실에 모여서 책을 읽기 시작했고, 마음이 불안하고 우울했는데 활력이 생겼다는 말을 들으면서 눈물이 날 뻔했다. 나역시 한동안 잊고 있었던 열정이 되살아나, 잠자리에 누웠다가도 강사 양성 과정을 준비하기 위해 벌떡벌떡 일어난다. 새로운 아이디어가 떠올라서 날마다 고민한다. '어떻게 하면 더 좋은 걸 줄 수 있을까?' 책으로 변화되는 모습을 옆에서 지켜볼 수 있는 행운을 아무나 누릴 수 있는 건 아니다. 나는 정말 행운아고 행복한 사람이다.

인간에게 무한한 가능성이 있다는 사실에는 모두 공감한다. 하지만 실제로 그 가능성이 어느 정도인지 도전하는 사람은 별로 많지 않다. 실패할까 봐 두려워서, 어떻게 시작해야 하는지 몰라서, 경제적인 상황이 여의치 않아서 등 다양한 이유가 있다. 냉정하게 말한다면 이것은 모두 핑계다. 결국 내가 아직 간절하지 않기 때문이다. 간절한 사람은 도전할 수 있다. 아니, 어쩔 수 없이 도전해야만 한다. 그런데 그 도전을 통해 무한한 가능성을 경험하게 된다. 지금도 망설이고 있다면 벌떡 일어서라. 그리고 한 발을 앞으로 내밀어라. 넘어지지 않으려면 자연스럽게 다음 발이 앞으로 나오게 되니까. 그렇게 한발 한발 앞으로 가다 보면 자신의 가능성을 체험하게 될 것이다. 그 도전에 박수를 보낸다. 나 역시 지금도 도전 중이니까 함께 가자고 초대하고 싶다.

4

날마다 책 읽기, 가능해?

이른 아침에 일어난다. 잠들어 있는 가족들이 깨지 않도록 조심조심 움직인다. 먼저 물 한잔을 마시고 17년째 복용하고 있는 갑상샘 약을 한 알 먹는다. 오랫동안 반복되는 일이기에 이제는 저절로 손이 간다. 식탁에 앉아 잠깐 기도한다. 감사의 마음으로, 청원의 마음으로. 오늘 하루를 시작할 수 있음에 설레는 마음으로. 그리고 책을 읽는다. 어느새 밖은 환해지고 남편이 출근 준비를 하는 동안 나는 간단한 아침을 준비한다. 남편이 출근하고 나면 약 1시간 정도 또다시 나만의 시간을 가질 수 있다. 아까 읽던 책을 다시 잡는다. 너무 평화롭고 행복한 시간이다. 온전히 나를 위한 시간. 온 가족이 자기 자리에서 충실하게 최선을 다하는 시간. 일하면서, 잠자면서, 책 읽으면서.

8시쯤 아이가 일어난다. 학교 갈 준비를 하는 동안 아침을 차리고, 아이와 함께 아침 식사를 한다. (요즘은 코로나19 때문에 등교를 하지 않지만 항상 비슷한 시간에 일어난다.) 밥 먹는 데 시간이 오래 걸리는 아이는 먹는 시간보다 이야기하는 시간이 더 많다. 어젯밤에도 책 읽다가 늦게 자더니 아침에 피곤한 모양이다.

아이는 책 읽기를 좋아한다. 아이에게 책 읽으라고 강요한 적은 없다. 한글도 다른 아이들보다 늦게 뗐다. 주위에서는 아이에게 한글을 안 가르친다고 걱정스러워하며 나에게 빨리 대책을 세우라고 했지만, 나는 그렇게 생각하지 않았다. 오랫동안 아이들에게 독서와 글쓰기를 지도하면서 나름대로 나만의 철학이 있었다. 가장 중요한 건 아이가 하고자 하는 마음이 생길 때 해야 한다는 게 나의 개똥철학이었다. 아이가 한글은 잘 몰라도 책은 항상 곁에 두고 있었다. 아이들에게 독서와 글쓰기를 가르치는 직업이니 집에는 항상 책이 넘쳐난다. 아이가 엉금엉금 기어가서 방바닥에 있는 책을 물어뜯었던 적도 많았고, 조금 자라서는 책이 장난감이라고 생각해 책으로 성도 쌓고 요리도 하면서 책과 가깝게 지냈다. 또 책 속 그림을 보면서 이야기를 만들어 내는 상상력도 키워갔다. 아이가 한글을 일찍 알았다면 다른 면에서 발전을 보였을 수도 있겠지만 나는 그냥 마음껏 상상하고 마음껏 누리면서 지내는 게 더 좋았다. 그렇게 마음대로 이야기를 지어내는 데도 신기한 건 다음에 이야기를 지어낼 때는 지난번에 했던 이야기를 기억하고 이어서 다음 이야기를 만들어 낸다는 것이었다. 아마도 아이 나름대로 자신이 좋아하는 이름, 스토리, 주제를 가지고 있어서 그런 것 같다. 아이는 책을 가지고 놀다가 읽기 시작했고, 지금도 책 읽기를 좋아한다. 밤마다 거실 책꽂이에서 몇 권을 꺼내 자기 방으로 들고 가서 늦도록 책을 읽는 날이 많다.

남편은 책 읽기를 싫어하는 사람이다. 그냥 싫어하는 정도가 아니라 책 읽으려고 펴는 순간 책 속에 숨어 있던 수면 유도제가 날아와 남편의 온몸에 퍼진다. 금세 낮게 코를 골며 잠에 빠져든다. 언제 어디서나 어떻게 그렇게 쉽게 잠들 수 있는지 신기할 따름이다. 평생 읽은 책을 모두 셀 수 있을 정도로 책을 안 읽는 사람이다. 소설이나 자기 계발서와 같은 책은 고사하고 아이들이 읽는 재미있고 얇은 동화책도 안 읽는다. 아이가 태어나기 전에는 책꽂이에서 한 번도 동화책을 꺼내 보지 않았다. 내가 아이도 아닌 다 큰 어른한테 동화책이라도 읽으라고 잔소리를 하게 될 줄이야⋯⋯.

그런 남편이 어느 날부터인가 달라졌다. 나에게 책을 추천해 달라고 하고, 아이와 갈등이 생겼을 때 도움이 될 만한 책을 골라 달라고 한다. 읽는 속도는 물론 느리지만 속도가 중요하지 않기에 꾸준히 책을 읽는 그 자체만으로도 대단하다고 생각한다. 날마다 출근할 때 가방에 책을 넣고 간다. 아침 근무 시작 전에 커피 한잔 마시면서 잠깐, 점심 식사 후에 잠깐, 퇴근 후 밤에 잠깐, 이런 방법으로 책을 읽고 있는데 짧은 자투리 시간을 이용해 읽은 책이 어느새 백여 권에 달한다. 물론 지금도 책을 읽다가 조금 시간이 지나면 잠 속에 **빠져** 있을 때가 많다.

우리 집에는 이곳저곳에 여러 가지 형태의 글귀가 붙어 있다. 그중 "하루 한 번 책 읽기"도 있다. 하루에 1시간이나 1권이 아니라, 자기 상황이 되는 대로 하루에 단 한 번만이라도 책을 손에 잡자는 의미다. 짧은 시간이더라도 날마다 책을 손에 잡고 펼치는 습관이 중요하다. 이런 글귀를 많이 붙여 놓는 이유는 우리 가족들이 서로에게 동기를 부여하고 목표 의식을 갖게 하기 위해서다. 그리고 집에서 아이들에게 독서와 글쓰기 수업을 하는 내 일의 특성상 아이들이 우리 집에 많이 온다. 수업 시작 전에 아이들은 집안 여기저기를 둘러보는데, 아이들은 호기심쟁이라서 여기저기 붙어 있는 것들을 보면 나에게 물어본다. 그럴 때마다 아이들에게 책 읽기의 필요성과

중요성을 은근히 강조하며 책 읽다가 잠드는 남편을 빙자해 열심히 책 읽는 아이들을 칭찬한다. (남편, 미안해요. 없을 때 흉봐서.) 아이들은 자기들이 대단한 사람인 듯 으쓱해하고, 기분 좋아한다. 그러면서 읽은 책에 대해 주저리주저리 이야기를 시작한다. 자연스럽게 책 이야기를 하는 아이들을 보는 건 너무 행복하고 에너지 충전되는 일이다.

몇 년 전에 '하루 한 권, 3년에 천 권 읽기' 계획을 세우고 실행한 적이 있다. 평소에 책을 안 읽는 사람이 아니었는데도 어느 순간 책 읽기가 무거운 숙제로 다가왔다. 내가 그냥 좋아서 읽을 때와 과제로 정해 놓고 하는 것과는 마음이 달랐다. '도대체 무엇 때문에 그렇게 해야 하지?' 책 읽는 동안 느끼던 재미와 감동보다는 목표 달성이 가능한지 아닌지가 더 중요해지는 순간, 나는 그 계획을 포기했다. 만약 그 목표를 달성했다면 "나 3년에 책 천 권 읽은 사람이야"라며 잘난 척은 할 수 있었겠지만, 아마도 그 무게감을 견디기가 힘들었을 것이다. 책을 읽는 이유는 마음이 즐겁기 때문인데 즐거움을 포기할 수는 없기에.

날마다 책 읽기. 가능할까? 가능하다. 양(量)으로서의 책 읽기가 아니라 질(質)을 우선하는 책 읽기로 바꾸면 된다. 그저 날마다 자기 상황이 되는대로 손에 책을 한번 잡아보는 것 정도는 할 수 있지 않을까? 책을 펼쳤는데 재미있다면 조금 더 읽을 수 있는 거고, 그렇지 않다면 그저 한 줄이라도 읽다가 수면 유도제를 따라가면 그만이니까. 오늘부터 하루 한 시간, 하루 한 권이 아닌, 하루 한 번 책 읽기를 실천해 보면 어떨까?

5

독서로 만난 사람들

본격적이고 의식적인 독서를 하면서 내 삶의 많은 부분이 달라졌다. '나는 누구인가?'에 대한 답을 절반 이상 찾았고, 내가 하고 싶은 일이 무엇인지 찾았으며, 인생 후반부에 대한 구체적인 계획과 실천 방안도 찾았다. 그리고 책 읽기를 삶의 목표로 생각하는 많은 사람을 만났다.

11일 문화체육관광부는 지난 1년간 성인(만 19세 이상)의 종이책 연간 독서율이 52.1%, 독서량은 6.1권으로 2017년 대비 각각 7.8%포인트, 2.2권 줄어들었다고 밝혔다. 연간 독서율은 일반도서(교과서, 학습참고서, 수험서, 잡지, 만화 제외)를 1권 이상 읽은 사람의 비율이다. 지난해 초·중·고교생의 종이책 연간 독서율은 90.7%, 독서량 32.4권으로 2017년보다 독서율은 1.0%포인트 감소했으나 독서량은 3.8권 늘었다. [중략] 연간 독서율 조사는 격년마다 진행되며 이번에는 만 19세 이상 성인 6,000명과 4학년 이상 초등·중·고등학생 3,000명을 대상으로 지난 1년간(2018년 10월 1일~2019년 9월 30일) 독서량을 집계했다. ("종이책 대신 전자책 읽는 사람 늘었다", ≪매일경제≫, 2020.3.11. 중에서)

수많은 독서가가 지적하듯이 우리나라 성인의 평균 독서량은 OECD 가입국 중 하위권에 속한다. 주변을 둘러봐도 책 읽고 있는 사람을 찾아보기 힘들다. 카페에서도 모두 스마트폰이나 태블릿 PC를 앞에 놓고 있고, 지하철에서도, 버스에서도 모두 작은 화면 속으로 파고들어 간다. 어쩌다 책이 펼쳐진 것을 보면 수험서거나 학습 참고서인 경우가 대부분이다.

'유유상종'이라고 한다. 헬스장에 가면 모든 사람이 헬스장에만 있는 것 같고, 영화관에 가면 모든 사람이 영화 보기가 취미인 것 같은 생각이 든다. 또 식당에 가면 모든 사람이 맛집 탐험을 하는 사람들인 것처럼 생각된다. 이렇듯 내가 관심 있는 분야에 대해서는 더 잘 보이고, 관심 분야 사람들과 교류하게 되는 건 당연한 이치다. 책 읽는 사람을 쉽게 찾을 수 없는 이유가 나 역시 책 읽는 사람들과 교류하지 않고 있었으니 볼 기회가 없었던 탓도 있다. 적극적으로 독서 모임에도 참석하고 독서 관련 강의도 들으러 다니고 내가 독서 모임을 만들어 운영도 하면서 비슷한 사람들을 만나게 됐다. '독서'라는 분야에 발을 들여놓고 보니 그 안에는 다양한 사람이 모여 있었다. 저마다 다른 연령, 직업, 성격, 목표를 갖고 있는 사람들이 '독서'라는 공통점을 중심으로 뭉쳐있는 모습이 신기하기도 하고 반갑기도 했다.

'책 읽는 사람들은 이런 정도의 기본 매너는 있겠지.'

'책 읽는 사람들은 이런 가치관으로 살고 있겠지.'

'책 읽는 사람들이니까 뭔가 다른 점이 있겠지.'

처음에는 나 혼자 기대하고, 섣부르게 판단하고, 정의를 내렸다. 그러면서 그 기준에 부합하지 않는 행동이나 표현을 하면 혼자서 실망하고, 마음의 문을 열지 않았다. 한 발을 뒤로 빼고 몸을 반쯤 돌린 채 언제든 내 마음에 들지 않으면 이곳을 떠나리라는 마음을 가진 이방인 같은 태도였다. 내가 필요로 하는 것, 원하는 것은 얻고 싶었고, 내가 내어 주고 싶은 것은 하나도 없었다. 그러니 한동안 관계 면에서 진척이 없는 건 당연했다. 책을 읽고 나눔을 할 때도 일정한 거리를 두고 적당한 선에서 나 자신을 드러낼 뿐 주로 듣기만 했다. 있는 듯 없는 존재. 시간이 흐를수록 마음의 건조함은 더해갔다. 이건 아니다 싶은 순간이 왔다.

예전에 투자 강의를 들으러 갔었다. 강의 시간 내내 강사는 열심히 설명했고 수강생들은 경청하면서 하나라도 놓칠세라 열심히 받아 적는 등 적극적인 태도였다. 강의 시간에 강사와 수강생이 모두 열심히는 했지만 뭔가 아쉬움이 있었는데 그것이 무엇인지 알아채지 못했다. 강의가 끝나고 나는 집으로 돌아왔다. 다음 강의 때는 분위기가 사뭇 달랐다. 두 번, 세 번 강의가 이어질 때마다 분위기는 점점 화기애애해졌고 나는 갈수록 물과 기름같이 겉도는 느낌이었다. 나중에 그 원인을 알았다. 돈을 지불하고 들은 강의에서는 정말 중요한 정보를 얻지 못했다. 정말 중요한 정보는 강의 후 이루어지는 뒤풀이에서 나오는 것이었다. 뒤풀이는 기차가 달리게 하려고 깔아 놓는 선로처럼 '관계'를 만들어 놓는 자리였던 것이다. 그 '관계'가 먼저 만들어져야 그다음으로 이어지는 것인데, 나는 매번 앞 단계를 생략했으니 이론은 배웠지만 막상 현실에서는 쓸모없는 죽은 지식으로 끝난 것이다.

마찬가지로 독서 모임도 뒤풀이가 중요했다. 삼삼오오 모여 미처 나누지 못한 이야기나 여러 사람과 공유하기에는 조금 껄끄러운 이야기를 나누면서 관계가 만들어지는 거였다. 그런데 시간 관리 잘하고, 공사(公私) 구분을 잘해야 한다고 까칠하게 굴었기에 관계가 만들어지지 않았던 것이다.

　일단 뒤풀이에 참석하고 내 마음을 열었다. 그냥 있는 그대로의 내 모습을 보여 주기로 했다. 어설프고 부족해도, 다른 사람들과 비교하며 의기소침해지는 자신의 감정을 그대로 표현하기로 했다. 모두 비슷비슷했다. 내가 느끼는 감정을 상대방도 느끼고 있었고, 내가 어려워하는 것을 상대방도 어려워하고 있다는 것을 나누면서 비로소 마음에 물줄기가 흐르기 시작했다. 바삭바삭 메말랐던 마음에 조금씩 생명력이 생기고 작은 씨앗이 심어졌다. 모두 그 씨앗을 잘 키울 수 있도록 용기를 보태주고 관심을 더해 줬다. 나 역시 다른 사람들이 마음속에 품고 있는 씨앗이 보이기 시작했다. 내가 타인을 응원하는 것보다 더 많이 용기가 생겼고, 타인을 위로해 주는 것보다 더 큰 위로를 내가 받았다. 그렇게 서로서로 밀어주고 끌어 주면서 자신의 꿈을 향해 한발씩 앞으로 나가기 시작했다. 특히 나보다 인생 경험이 많은 선배님들의 응원은 큰 힘이 되었다.

　내가 사람들과 함께 적극적인 독서를 하지 않고 혼자서 책을 읽고 있었다면 과연 어땠을까? 아마 머리만 커다란 기형적인 모습이지 않을까?

　지금도 몇몇 인생 선후배들과 정기적인 독서 모임을 하고 있다. 맛있는 밥을 먹고 카페로 자리를 옮겨 독서 토론을 하는 그 시간이 기다려진다.

6

나만의 책을 만들다

　20년 넘게 아이들에게 독서와 글쓰기를 지도했다. 아이들이 가장 많이 하는 질문이 있다.

　"선생님은 책 안 써요?"

　"에이, 선생님이 무슨 책을 써?"

　"우리한테는 날마다 글쓰기 하라고 하면서 선생님은 왜 안 써요?"

　"글쓰기랑 책 쓰기가 똑같니? 나는 책 쓸 정도의 재능은 없어?"

　"에이~ 선생님 엉터리~."

　아이들이 하는 말이 내내 마음속에 묵직하게 남았다. 나 역시 책을 쓰고 싶다는 소망은 있었다. 하지만 내 실력으로는 어림도 없고 무엇보다 혹시 실패하면 그것을 어떻게 받아들일지 자신이 없었다. 그래서 차일피일 미루고 있었지만 누군가가 책을 출판했다는 소식을 들으면 축하해 주면서도 부러워서 심기가 꼬이는 건 그릇이 작은 나에게는 어쩔 수 없는 감정이었다.

　그렇게 한 해 두 해 시간을 보내고 있다가 자꾸 피하려고만 하지 말고 지금부터 연습하자는 의미로 블로그를 시작했다. 어차피 늘 책을 읽고 있으니 읽은 책에 대한 감상을 적기 시작했다. 노트에 적는 것과는 별개로 블로그 역시 방문자 수도 없는 일기장과 다를 바 없기는 하지만 그래도 한 사람이라도 내가 쓴 글을 읽고 그 책에 관심을 갖게 된다면 그것 또한 의미 있는 일이라고 생각하고 시작했다. 컴퓨터 다루는 기술이 부족하니 블로그에 글 한 편을 작성하는데 꽤 오랜 시간이 걸렸다. 열심히 작성했는데 이유는 모르겠지만 모두 사라진 적이 여러 번 있다. 다른 사람들 블로그처럼 예쁘게 꾸미고 싶어 이것저것 시도해 보고 싶지만 엄두가 나질 않는다.

그렇게 책을 읽고 블로그에 있는 유일한 카테고리인 '서평'에 글을 썼다. 꾸준히 글을 쓰다 보니 한 명, 두 명 방문자가 생겼고 방문자들이 남겨준 댓글 한 마디가 기분 좋고 힘이 됐다. 한 방문자는 내 블로그를 보고 '착한 블로그'라고 한다. 꾸밈이 없는 담백함이 좋다고. 나는 그 말을 칭찬으로 받아들인다. 지금까지 약 2년 동안 200편 정도의 서평을 썼다. 처음에 쓴 글을 보면 정말 웃음이 나온다. 이렇게 빈약한 글을 보러 와 준 방문자들에게 고마울 정도다. 하지만 그것도 내 변화 과정을 보여 주는 것이기에 수정하지 않고 그대로 두고 있다. 어차피 누군가에게 잘 보이기 위해서 쓴 글이 아니고 나 자신을 위해 쓴 글이기에.

블로그에 글을 쓰면서 조금씩 용기가 생겼다. 그래서 본격적으로 책 쓰기를 시작했다.

책 한 권이 나오기까지는 정말 오랜 시간이 걸린다. 적어도 A4 100매 내외의 글을 써야 하는데, 한 꼭지를 쓸 때 글이 잘 써지면 2~3시간, 그렇지 않을 때는 며칠이 걸리기도 한다. 그렇게 글을 쓰면서 힘들기도 했지만 행복하기도 했다. 동시에 그동안 책을 읽으며 내 멋대로 판단하고 평가했던 것이 얼마나 교만한 태도였는지 반성하게 됐다. 내용이 충실해야 함은 물론이고, 책 한 권을 출판하기 위해 작가가 들인 시간과 노력이 얼마나 많았을지를 조금 체험했기에 책을 대하는 태도가 달라졌다. 책을 읽을 때 자신만의 관점으로 읽지 말고 작가의 관점에서 읽으라는 이야기를 많이 들었지만, 사실 잘 되지 않았었다. 하지만 내가 책을 한 권 출판하고 보니 관점이 조금 달라졌다. '작가의 관점에서 생각한다는 게 이런 거였구나!'라는 걸 어렴풋이 알게 되었다.

날마다 컴퓨터 앞에 앉아 글을 썼다. 글을 쓰면서 그동안 잊고 지냈던 일이 갑자기 떠오르기도 하고, 용서했다고 생각했던 일을 떠올리니 다시 화가 나기도 하는 자신을 보면서 인간의 마음이라는 것이 얼마나 미묘하고도 신비로운지 놀라웠다. 꾸준히 책 읽기를 했던 것이 글쓰기에도 도움이 됐다. 어떻게 표현해야 할지 막막해 더 이상 글을 쓰지 못하고 컴퓨터를 덮고 책을 읽다 보면 적낭한 표현 방법이 떠오르기도 했다. 다른 사람의 글을 짜깁기하는 건 진정한 글쓰기가 아니다. 자신만의 언어로, 자신만의 방법으로 표현해야 한다. 나만의 언어를 갖기 위해서는 다른 사람들의 언어에 관심을 갖고 유심히 살펴봐야 한다. 남의 것을 따라 하기 위해서가 아니라 나만의 고유성을 만들기 위해서.

≪책과 우리 아이 절친 맺기≫라는 제목으로 나의 첫 책이 나왔다. 나의 지난 삶을 되돌아볼 수 있는 책이었다. 책 읽기를 통해 '나'를 찾고, 직업을 찾은 과정, 아이들과 함께한 20년의 세월을 그 책에 담았다. 너무 행복했다. 드디어 내 꿈 중 하나였던 '책 출판하기'를 이룬 것이다. 많은 독자가 그 책을 읽은 후 책을 읽고 자신의 느낌을 표현하는 데 도움을 받았다는 피드백을 주셔서 감사하다. 정말

이지 행복해서 기절할 것 같았다.

여전히 나는 책을 읽고 블로그에 글을 쓴다. 아직도 내 블로그는 '착한 블로그'다. 색감도 없고, 화려한 장식도 없다. 그럼에도 이제 점점 많은 분이 블로그를 방문한다. 나의 책 출판 경험을 읽고 자신도 마음속에 심어놨던 꿈을 꺼내기로 결심한 이웃도 있다. 나는 계속 충동질한다. 마음먹었다면 바로 시작하라고. 책 쓰기는 누구나 꼭 해야 한다고. 그리고 누구나 할 수 있다고.

출판사를 통해 책으로 나오는 것도 좋지만, 방법은 다양하니 자신만의 책을 만드는 것은 꼭 필요하다. 책을 만든다는 것은 결국 누군가에게 영향을 주고 싶기 때문이다. 단 몇 사람이라도 내가 쓴 글을 읽고 용기를 얻고, 잊고 살던 꿈을 찾고, 새로운 일을 시작하는 계기가 된다면 얼마나 보람 있는 일인가! 그런데 책을 쓰면 이보다 더 큰 혜택은 자신이 받는다. 글을 쓰면서 내면이 치유되고 세상이 아름답게 보이고 모든 이들이 예뻐 보인다. 이렇게 좋은 일은 마땅히 해야 하지 않을까?

오늘도 나는 책을 읽고 글을 쓴다.

7
힘들다고? 무조건 읽어 봐

마음이 무겁고 우울할 때가 있다. 몸이 너무 아파서 꼼짝할 수 없을 때도 있다. 할 일이 많아 단 5분도 자리에 앉아 있기 어려울 때도 있다. 돈이 없어서, 시간이 없어서, 건강이 나빠서, 마음이 괴로워서……. 우리는 살아가면서 여러 가지 이유로 힘든 경험을 많이 하게 된다. 그 기간이 길게 이어질 때도 있고, 몇 시간, 며칠로 끝날 때도 있다. 이유 불문하고 힘든 시기는 겪지 않고 싶은 게 인간의 마음이다. 그래도 사람들은 말한다.

"고통은 우리를 단련시키는 시간이다. 그 시간이 지나면 성숙해진 자신을 발견하게 된다."

내가 힘든데 이런 말을 하는 사람을 들으면 말하는 사람의 입을 한 대 때리고 싶다. 그러면서 이렇게 말하고 싶다.

"그렇게 성장하고 싶으면 당신이나 고통 많이 겪어라."

어려움의 한가운데 있을 때는 그 누구의 말도, 그 어떤 좋은 말도 귀에 들어오지 않는다. 그럴 때는 그저 혼자 조용한 시간을 갖는 게 내가 어려움을 견디는 방법이다.

내 손톱 밑의 가시가 제일 아프다는 말이 있다. 어려움의 등급을 나눌 수는 없지만, 다른 사람이 겪고 있는 아픔이 내가 겪고 있는 고통보다 정도가 심하다고 해도 무조건 내가 겪는 아픔이 가장 힘든 법이다. 훨씬 큰 고통을 겪고 있는 사람들을 생각하며 스스로 위로해 보지만, 얼마 지나지 않아 다시 자신이 겪고 있는 아픔에 시선이 고정되고 내가 왜 이런 어려움을 겪어야 하는지 화가 나고 빨리 해결하고 싶은 조바심이 생긴다.

그런 일이 반복될 때마다 한 발자국 뒤로 물러서서 조금씩 여유를 갖게 되는 게 성숙해지는 과정인 것 같다. 처음에는 잠시도 기다릴 수 없어서 친구, 가족, 신을 붙잡고 하소연하지만, 결국 시간이 지나야 해결된다는 것을 몇 번 경험하면 조금씩 기다릴 수 있는 마음의 여유가 생긴다. 물론 아무것도 하지 않은 채로 무작정 시간이 흐르기만 기다리는 건 아니다. 나름대로 그 시간을 보내는 자기만의 방법을 터득하게 된다.

자신이 어려움의 시간을 견디는 방법을 아는 것은 중요하다. 어떻게 그 시간을 견디느냐에 따라 결과가 달라지기 때문이다. 하지만 많은 사람은 자신이 어려운 시기를 어떤 방법으로 견뎌야 하는지 잘 모른다. 무작정 사람을 만나서 가벼운 이야기로 기분 전환을 하고, 반대로 집에 틀어박혀 외부와의 관계를 끊고 스스로를 고립시키기도 한다. 어떤 사람은 맛있는 음식을 먹으면서 시간을 보내기도 한다. 방법이 무엇이든 자신의 성장에 도움이 되는 시간이 되어야 한다.

20대 초반에는 외부와 단절하고 혼자서 끙끙대며 누구에게도 내 고민을 이야기하지 않는 방법을 선택했다. 그렇게 하니까 처음에는 모래알만 하던 고민의 크기가 며칠 만에 커다란 바위로 변하는 경험을 자주 했다. 이러다가는 내가 만든 바위에 내가 깔려 죽을 것 같은 위기감을 느꼈다. 그래서 힘든 마음을 표현하기 위해 편지를 썼다. 그냥 쓴 정도가 아니라 써 댔다는 표현이 맞을 것이다. 편지지와 우표를 잔뜩 사다 놓고 친한 친구부터 가끔 연락을 주고받았던 지인에게까지 끊임없이 편지를 썼다. 진짜 속마음은 이야기하지 않은 채 형식적인 안부와 쓸데없는 이야기만을 늘어놓았다. 그것 역시 적당한 해결법은 아니었다. 아무리 편지를 써도 고민은 해결되지 않았고, 오히려 공허함만 더 커졌다. 이번에는 책 읽기를 선택했다. 내가 겪는 고통의 원인이 무엇인지, 어떻게 대처하면 좋은지, 기본적인 인간관계에서부터 자신의 감정을 잘 전달할 수 있는 대화법 등 필요하다고 생각하는 책을 읽었다.

처음에는 마음이 복잡하고 답답해서 책 내용이 눈에 잘 들어오지 않았다. 집중력도 떨어져서 책을 조금 읽다가 금세 쓸데없는 상상 속에 빠져들기도 했다. 어쩜 그렇게 엉덩이가 가벼운지 수시로 앉았다 일어서기를 반복했다. 조금씩 책에 집중하는 시간이 길어졌다. 차츰 시간이 흐르면서 마음이 안정되고 문제를 객관적으로 볼 수 있는 여유가 생겼다. 대부분의 문제는 결국 나로부터 시작되는 것이고, 해결할 수 있는 사람 역시 나였다. 내가 모든 상황을 바꿀 수는 없지만, 그 상황을 바라보는 관점은 바꿀 수 있다. 관점이 바뀌니까 문제도 다르게 다가왔다.

느리지만 관점을 바꿀 수 있었던 것은 책을 읽은 덕분이다. 책을 읽지 않고 사람을 찾아다녔다면 지금도 밖을 향해 손가락질을 하고 있을 것이다. 모든 것에 불평을 늘어놓으며 나는 열심히 사는데 니희들이 나를 도와주지 않는 게 문제라며 상대방을 향해 독화살을 쏘아대고 있을 것이다. 내가 가진 것보다 갖지 못한 것에만 집요하게 매달리면서 풀리지 않는 인생이라고 원망을 쏟아내고 있을 것이다. 그런 내 인생을 상상하는 것만으로도 끔찍하다.

최근에 겪은 가장 힘든 일은 무엇이었는가? 지금 힘든 일을 겪고 있는가? 그렇다면 책을 집어라. 인생의 길잡이가 되어 주는 고전도 좋고, 문제 해결에 직접 적용해 볼 수 있는 자기 계발서도 좋고, 마음을 편안하게 해 주는 시집도 좋다. 그냥 손에 잡히는 책을 들고 잠시 호흡을 가다듬은 후 책 속에 빠져 보라. 한 장, 두 장 책장을 넘기다 보면 스르르 마음의 빗장이 풀리고 문제가 새롭게 다가오는 것을 경험할 수 있을 것이다.

책 속에 길이 있다는 말은 진리다.

8
새로운 삶은 지금부터다

　날마다 새로운 삶을 꿈꾼다. 내 삶을 완전히 뒤집어엎고 새로운 삶으로 만들고 싶은 게 아니라, 어제보다 조금 발전한 오늘이 이어지는 삶을 꿈꾼다. 날마다 조금씩 성장한다면 인생의 마지막 날에 웃으며 눈감을 수 있을 것 같다.

　어릴 때부터 '나는 누구인가?'에 대한 고민을 많이 했다. 무엇이 그리도 못마땅한 게 많은지 피해 의식도 심했고, 예민하고 까칠한 성격으로 대인 관계도 원만하지 않은 편이었다. 무엇보다 자기 자신에 대해 불만이 많아서 스스로를 괴롭히면서 살았다. 하는 일마다 잘 되지 않았고, 이 세상에서 사는 게 너무 재미없고 의미 없다고 여겨져 죽고 싶을 때도 많았다. 그래서 죽을 각오로 책을 읽었다. 책을 읽으면서 자신의 참모습을 조금씩 찾게 됐고 '존재 자체로 소중하다'라는 말의 의미를 조금씩 알아갔다. 세상은 살 만한 곳이라는 것을 체험하면서 꽉 조였던 마음의 끈을 조금씩 풀었다.

　아주 조금 삶의 각도를 돌렸는데 시간이 흐르면서 그 격차는 엄청

나게 벌어졌다. 해남 땅끝 표지석을 향해 서울에서 출발했는데 처음에는 먼 곳에 있는 목표 지점만 보면서 갔기에 조급하고 아무것도 눈에 들어오지 않았다. 그런데 이제는 가는 길에 펼쳐진 산도 보이고 바다도 보인다. 눈앞에 펼쳐진 풍경에 감탄하고 여행길에 만나는 사람들에게 감동하며 천천히 걷는다. 걷는 것 자체가 좋다.

누구나 새로운 삶을 꿈꾼다. SNS의 발달로 다양한 채널을 통해 많은 사람을 만나고, 그들의 삶을 들여다볼 수 있다. 하나같이 보다 의미 있는 삶, 새로운 삶을 찾기 위해 도전하고 공부하며 열심히 산다. 자신만의 성공만을 바라보지 않고 나누는 삶으로 확대되는 그들의 비전을 보는 것이 재미있고, 나에게 동기를 부여한다. 자신의 것을 나눠주려는 그 마음들이 이 세상을 살 만한 곳으로 만드는 것이 아닐까?

내 인생을 바꿀 수 있는 사람은 '나 자신'이고, 새로운 인생을 시작할 수 있는 때는 바로 '지금'이다. 새로운 삶을 살고 싶은가? 가만히 앉아서 신세 한탄만 하지 말고 지금 바로 시작하라. 책을 읽어도 좋고, 멘토를 찾아가도 좋고, 강의를 들어도 좋다. 변화에 대한 간절한 소망이 있다면 반드시 길은 열린다. 단, 자신이 어떻게 변화되기를 원하는지 명확한 그림을 그려야 한다. 막연하게 잘살고 싶다거나, 새로운 삶을 살고 싶다는 소망으로는 부족하다. 어떻게 변화되고 싶은지, 왜 그런 변화가 필요한지, 변화를 위해서는 무엇을 준비해야 하는지 등 자신의 인생에 대해 구체적인 로드맵을 만들어야 한다. 우리를 도와줄 수 있는 도구는 너무 많다. 수많은 자기 계발서, 심리학 서적, 무료 강의, 독서 모임 등등.

시간은 자기 나이의 거듭제곱 속도로 지나간다는 이야기를 많이 들었다. 인생 후반전에 들어서고 보니 그 말이 실감 난다. 아무리 시간을 잡으려고 해도 할 수 없다. 내가 할 수 없는 일을 생각하면서 마냥 손 놓고 앉아 있기에는 남은 시간이 별로 길지 않다. 그 누구에게도.

어마무시하게 책을 읽는 사람은 아니다. 꾸준히 손에서 책을 놓지 않는다. 어떤 경우에는 절실하게 살아남아야 해서 책을 읽었고, 어떤 경우에는 돈 벌기 위해서 책을 읽었고, 어떤 경우에는 내 삶을 풍요롭게 가꾸기 위해서 책을 읽었다. 분야도 가리지 않고 이것저것 닥치는 대로 읽었다. 심리 서적을 읽으며 단어도, 학자도, 그들이 주장하는 이론도 낯설고 어려웠지만, 이제는 비록 무면허지만 반은 심리학자가 된 듯하다. 어떻게 대화해야 하는지 몰라서 뾰족한 내 마음을 마구 쏟아내 가족, 친구들에게 잊지 못할 상처를 줬는데 이제는 한숨 돌리고 상황과 기분을 표현할 수 있는 내공이 조금 생겼다. 나에게 상담을 요청하는 사람들이 많은 걸 보니 제법 성숙해졌나 보다.

나의 새로운 삶은 이런 형태다. 돈을 많이 벌어 백만장자가 되지는 못했지만, 도움이 필요한 사람들에게 약긴의 도움을 줄 수 있는 여유를 갖게 됐으니 그거면 됐다. 유명한 사람이 되어 여기저기 강의에 불려 다니는 몸값 비싼 강사는 아니지만, 작은 책 모임에서 내 이야기를 함께 나누며 아이들과 좀 더 따뜻한 시간을 보낼 수 있게 되었다는 피드백을 듣고 있으니 그것 또한 만족스럽고 감사하다. 가족들에게 날마다 '사랑한다', '네가 정말 좋다'라는 말을 주고받으면서 살고 있으니 이것이 내 인생 최대의 성공이다. 내일은 오늘보다 조금 더 나아질 거라는 확신이 있으니, 이 또한 성공한 인생이라고 할 만하지 않은가!

타임머신을 타고 과거로 돌아갈 기회를 준다고 해도 나는 '지금'을 선택할 것이다. 현재 상황이 완벽해서가 아니라 오늘까지 달려온 내 노력의 시간이 소중하기 때문이다. 시간 속에 쌓인 내 열정과 경험은 그 무엇과도 바꿀 수 없기 때문이다.

새로운 인생을 살고 싶은 마음은 누구에게나 있을 것이다. 그 시작은 나 스스로부터, 지금 당장 해야 한다. 어설픈 시작일지라도, 두려운 시작일지라도, 부족한 시작일지라도 괜찮다. 누구나 처음에는 어설프고, 두렵고, 부족하다. 그런 자신을 인정하면 된다. 거기에서 부터 시작하는 것이다.

가슴이 뜨거운 이들이여, 지금 당장 새로운 삶을 향해 일어서라. 당신의 출발을 응원합니다!!!

9

나는 이렇게 책을 읽는다

　도서관에 가서 미리 메모해 둔 책 목록에 따라 책을 빌린다. 책을 들고 집으로 올 때도 있지만, 대부분은 빌린 책을 들고 도서관에 마련된 자리에 앉는다. 요즘 도서관은 높이가 다양한 책상과 스타일이 다른 의자가 자료실 구석구석에 많다. 내가 좋아하는 자리는 나무 책상과 필기하기 좋은 높이의 의자가 있는 곳이다. 자리 잡고 앉아 책을 펴서 먼저 책 앞뒤 날개를 읽는다. 저자 소개나 핵심적인 문장을 수록한 경우가 많다. 저자에 대해 알고 책을 읽으면 내용에 좀 더 집중해서 읽을 수 있다. 저자의 말과 목차를 꼼꼼하게 훑어본다. 서문과 목차만 읽어도 저자가 그 책을 쓴 목적이 무엇인지, 어떤 내용으로 전개되는지를 가늠할 수 있다. 이렇게 읽은 후 내가 만든 체크리스트에 표시한다. 체크리스트는 앞뒤로 만들었는데, 앞면에는 내가 책에서 얻고자 하는 것, 책의 키워드 3~4개, 저자에 대한 간략한 소개 등 여러 가지 내용이 있다. 몇 가지 리스트를 만들어 놓고 기분에 따라 선택해서 사용한다. 그렇게 하면 마치 내가 책에 대해 공부하는 것 같은 지적 자만심(?)이 충족된다.

이제 본격적으로 책을 읽는다. 옆에는 항상 노트가 함께 있다. 체크리스트 다음 페이지에다 책을 읽으면서 내 마음에 와닿는 구절이나 새롭게 알게 된 내용, 근사하고 멋진 문장이라서 다음에 내가 써보고 싶은 문장 등을 해당 페이지와 함께 메모한다. 그 메모 아래에내 생각이나 느낌, 공감할 경우 간단한 나의 사례 등을 낙서하듯이쓴다. 그렇게 메모하면서 책을 읽으면 빌린 책을 돌려주고 난 후에메모를 보면서 책 내용을 떠올릴 수 있고, 어떤 상황에서 적당한 인용이 필요할 때 꺼내 볼 수 있어서 좋다. 이런 방법으로 책을 읽는것을 다산 정약용은 '초서 독서법'이라고 했다. 내가 하는 방법은'초서 독서법'까지는 아니지만 책을 읽으며 메모하는 것은 점점 희미해져 가는 내 기억력을 대신하는 좋은 방법이다.

책을 다 읽고 나면 읽기 전과 마찬가지로 체크리스트 뒷면을 채운다. 뒷면은 책을 읽으면서 느낀 점, 책 속의 책이라고 하여 본문에서인용된 책 목록, 책에 대한 한 줄 평가 등을 적는다. 이렇게 한 권의책을 읽으면 1~2장의 메모지가 남는다.

도서관이나 지인에게 빌린 책의 경우는 이렇게 하지만, 내가 구매한 책을 읽을 때는 조금 다른 방법을 쓴다. 먼저 책날개와 목차, 저자의 글 등을 읽은 후 체크리스트를 작성하고, 노트에 메모하지 않고 책에다 직접 줄을 긋고 메모한다. 메모한 부분은 삼각으로 접어서 표시한다. 물론 메모 없이 줄만 긋는 문장도 많다. 그렇게 책을다 읽은 후에는 삼각으로 접었던 부분을 다시 읽는다. 다시 읽어도마음에 남는 문장은 노트에 옮겨 적는다. 노트에 옮겨 적은 문장 중에서 정말 중요하다고 생각하는 문장을 3~5개 골라 색연필로 칠한다. 마지막으로 체크리스트를 채운다. 이렇게 책을 읽다 보니 머릿속에 남는 게 많다.

하나둘 쌓인 것이 어느 순간부터 힘을 발휘하기 시작했다. '양질 전환의 법칙'이라고 하지 않던가! 자기 계발서에 관심을 두고 책 읽는 방법을 바꾼 후부터 책 읽는 시간이 더 즐거워졌다. 한 권, 두 권 읽은 책에 대한 기록이 쌓이면서 내 '독서 근육'도 단단해졌다. 책 읽는 속도도 빨라졌는데, 비슷한 내용이 반복적으로 나와서 쉽게 읽을 수 있기 때문이다.

예전에 책을 읽을 때는 내 기억력만 믿었다. 기억력이 좋아서가 아니라 게으른 방법으로 책을 읽었다. 손과 마음을 움직이지 않고, 되도록 편안한 자세로 눈으로만 책을 읽었다. 무엇보다 그 책을 읽는 명확한 목표가 없었다. 그냥 닥치는 대로 읽었다. 메모 한 번 하지 않고, 읽은 책 목록도 기록하지 않았다. 전혀 읽은 기억이 없어서 똑같은 책을 3번 빌린 적도 있다. 조금 읽다 보니 '어라? 좀 익숙한데?' 하고 느꼈다. 결국 내가 예전에 빌린 책이었다는 것을 알았다. 그때의 그 허탈함이란…….

책 사는 데 한 달에 몇 십만 원씩 쓴다. 쌓여가는 책의 정리가 문제이지만, 정기적으로 처분하고 있다. 예전에는 책 사는 돈을 아깝게 생각했다. 아이들 수업하기 위한 동화책은 어쩔 수 없이 사야 하지만, 내가 읽을 책을 사는 것은 좀 내키지 않아서 주로 도서관에서 빌려 읽었다. 물론 지금도 도서관을 애용한다. 빌린 책에는 내 맘대로 표식을 남길 수 없다는 단점이 있기는 하지만, 여러 가지 이유로 도서관을 이용하는 건 좋은 방법이다. 코로나19 때문에 공공 도서관이 문을 닫아서 아쉽다. 눈에 보이지도 않는 미생물이 우리의 삶을 많은 부분에서 바꿔 놓고 있다.

'독서법'이라는 키워드를 넣고 검색하면 독서법과 관련된 책 목록이 주르륵 나온다. 작가마다 자신만의 독서 방법을 소개하고 있다. 어떤 방법은 나에게 잘 맞고, 어떤 방법은 나와는 좀 안 맞는다. 그 방법이 나와 맞는지, 안 맞는지 알아볼 방법은 하나다. 직접 해 보는 것이다. 그렇게 실행하면서 자신에게 가장 적합한 방법을 찾으면 된다. 나에게 독서법을 알려주는 스승 몇십명이 대기하고 있다는 사실이 너무 행복하지 않은가!

내가 책을 읽는 이유는 책으로 내 인생을 바꿨기 때문이다. 책 읽는 방법에서 시행착오를 거치기는 했지만, 꾸준히 책을 읽으면서 나 자신을 찾고, 자유로움을 얻고, 직업도 찾고, 행복을 누리며 살고 있다. 책을 읽는 목적이 명확했기에 결국 나에게 맞는 방법도 찾았고, 지금도 책을 읽고 있다.

자신이 책 읽는 목적이 무엇인지 생각해 보고 자신에게 맞는 방법을 찾아 책을 읽으면 좋겠다. 그 시간이 차곡차곡 쌓이면서 당신의 인생은 분명히 달라질 것이다.

"책 속에 길이 있다."

마치는 글

20년 넘게 아이들에게 책 읽기와 글쓰기를 가르치며 살았다. 아이들과 함께할 수 있다는 것은 나에게는 행운 중에서도 대박 행운이다. 그들이 내뿜는 에너지는 지금까지 내가 즐겁고 활기차게 살아올 수 있는 원동력이다. 그런 과정을 ≪책과 우리 아이 절친 맺기≫에 풀어놓았다. 그 책을 읽고 많은 부모님이 '독서'의 중요성을 다시 깨닫게 되었고, 자신들도 더 열심히 책을 읽겠다는 예쁜 결심을 전해주셔서 기쁘고 행복하다.

독서가 중요하고 "책 속에 길이 있다"라는 이야기를 많이 듣지만, 책을 읽어도 별다른 변화가 없다는 이야기도 자주 듣는다. 독서를 하는 사람들이 답답해하고 지속적으로 책을 읽지 못하는 이유다. 나역시 책을 읽어서 돈을 많이 벌어 부자가 되었거나 유명한 사람이 되었거나 특별히 성공한 사람은 아니다. 하지만 나는 책을 읽고 '나 자신'을 찾았고, 직업을 찾았고, 무엇보다 행복한 인생을 살고 있다. 그런 과정을 나누고 싶었다. 그래서 다시 글을 쓰기 시작했다.

블로그와 인스타를 통해 소통하고 있는 이웃들이 조금씩 늘어 가고 있다. 내가 매일 아침 쓰는 글을 읽고 새로운 힘을 얻는다는 분, 엄마가 책을 읽기 시작하고 아빠가 동참하여 이제는 밤마다 온 가족이 모여 책을 읽고 잠자리에 들게 되었다는 분, 주부로서 열심히 아이들 키우며 살았지만 우울하고 자존감이 떨어졌었는데 책을 읽으며 자존감도 올라오고, 날마다 아침에 눈을 뜨면 가슴이 설렌다는 분. 많은 분이 책을 읽고 변화된 삶, 행복한 삶을 살게 됐다는 사실을 알려준다. 정말 감동이다. 내가 쓴 글이 다른 사람에게 좋은 영향을 미쳤다는 사실이 너무 뿌듯하고 행복하다. 내 인생 후반전은 다른 사람에게 선한 영향력을 끼치는 삶을 살고 싶다고 늘 생각했었는데, 그 소망이 조금씩 형태를 잡아가고 있는 것 같다. 이렇게 미약하지만 선한 영향력을 끼칠 수 있게 된 힘은 '독서'에서 나왔다.

독서, 하루아침에 만들어질 수 없는 습관이다. 독서하는 습관을 만들기 위한 여러 방법이 있고, 도구가 있고, 목적이 있다. 하나의 습관을 만들기 위해서는 '시간'이 필요하다. 자신에게 맞는 독서법, 독서하기 편한 도구들, 함께 독서하는 동료들, 독서를 통해 얻고자 하는 목표 등 여러 가지 요소보다 먼저 확보해야 하는 것은 바로 '독서하는 시간'이다. 하루 한 시간, 삼십 분이라도 규칙적으로 독서하는 시간을 마련하라. 날마다 규칙적으로 시간을 정해 놓고 책을 읽다 보면 어느 순간 눈앞이 환하게 열리는 기분을 맛볼 것이다. 그어떤 것으로도 대체할 수 없는 영혼 깊은 곳으로부터 느껴지는 기쁨과 충만함. 그 맛을 한번 본 사람은 절대 손에서 책을 놓을 수 없다. 그리고 자기 혼자 그 기쁨을 간직하고 있을 수 없다. 많은 사람이 그 맛에 빠져들면 좋겠다. 나 역시 그 맛에서 빠져나오고 싶지 않아 오늘도 책을 읽는다.

독서 습관을 만들기 위한 두 번째 방법은 바로 함께 독서하는 동지를 찾는 것이다. 가족 독서도 좋고, 독서 모임에 참여하는 것도 좋다. 혼자 읽고 끝내는 독서가 아니라 함께 이야기를 나누고 서로에게 용기를 불어넣어 주는 독서 동지를 만들어라. 세 번째로 독서 목표량을 세워라. 일 년 동안 몇 권을 읽을 것인지 확실한 목표를 세우고 그 목표를 점검하면 꾸준히 독서하는 데 도움이 된다. 비록 목표 달성을 하지 못했을지라도 목표가 없을 때보다는 훨씬 많은 책을 읽은 자신을 발견할 것이다. 마지막으로 독서를 통해 다른 사람들에게 선한 영향력을 끼치겠다고 결심하라. 머리만 키우는 독서가 아닌 가슴을 키우는 독서가 진정한 독서다. 가슴이 따뜻한 사람으로 살면 다른 사람들을 돕고 싶은 마음이 생긴다. 내 인생뿐만 아니라 다른 사람도 새로운 인생을 살게 하는 데 작은 도움을 줄 수 있다면 얼마나 뿌듯한가. 한 번 사는 인생, 무언가 보람 있는 일을 하다가 가야 하지 않을까?

책을 읽은 후 기록을 남기고 싶고, 누군가에게 동기 부여가 되면 좋겠다는 마음으로 책에 대한 소개나 짤막한 소감을 블로그와 인스타그램에 올린다. 내 글을 읽고 항상 공감해 주고 하트를 꾹 눌러 주는 공두연 님, 박선영 선생님, 지인옥 작가님, 빅토리야 님, 이은숙 작가님, 양정숙 님, 김은경 님, 아자 님, 나연구소님께 감사드린다. 나약한 인간인지라 사랑하는 독자들의 표현은 나를 움직이게 만드는 힘이 된다. 언제나 말로 표현하는 것보다 몇 백 배 더 나를 믿고 사랑하는 친구 혜자와 경화에게도 고마움을 전한다. 혜자와 경화가 책 쓰기를 하는 날이 빨리 오길 바란다. 또 함께 독서 모임을 하는 변철종 선배님, 배영복 선배님, 김영주 선배님과 그 외 모든 분께 감사하다. 독서하고 함께 나누는 동지들이 있기에 독서의 삶이 지속될 수 있다. 그리고 책 쓰고 싶다는 소망을 현실로 이루도록 동기를 부여해 주신 이은대 작가님께 특별히 감사드린다. 내 첫 책 ≪책과 우리 아이 절친 맺기≫가 세상에 나온 건 이은대 작가님의 가르침 덕분이다. 나의 부족하고 어설픈 글쓰기 실력 때문에 마음고생을 많이 하셔야 했던 작가님이다.

마지막으로 날마다 책 읽고 글 쓰는 나를 항상 지원해 주고 기다려 주는 남편과 아이에게 고맙다. 하루 24시간이라는 한정된 시간에 마음 편히 책 읽고 글을 쓸 수 있도록 배려해 주고 집안일도 함께하는 남편과 재민이. 가족의 도움이 없다면 힘든 일이다. 평생을 성실하게 살아 나에게 '성실'을 유산으로 물려주신 부모님께 이 책을 통해 존경과 감사를 전한다. 이 책이 출간되면 부모님 손에 가장 먼저 이 책이 들려 있을 것이다. 모든 사람 손에 책이 들려 있으면 좋겠다.

오애란

現 생각 연필 대표
- 독서지도사
- 생각 연필 매뉴얼 개발자
- 3P Professional course 107기 수료
- 3P 독서경영 리더과정 15기 수료
- '책과 우리아이 절친맺기' 저자
  -2020년 3월 5일 출간
- 생각연필 강사양성과정 진행 중
- 주니어 나비 독서모임 코치(2019년 3월~)
- 독서논술 20년 이상 수업 중

Email. aspi919@naver.com
Blog.naver.com/aspi919
https://www.Instagram.com/aspi919

책을 읽고,
나는 살았다

초판인쇄 2020년 9월 18일
초판발행 2020년 9월 18일

지은이 오애란
펴낸이 채종준
펴낸곳 한국학술정보㈜
주소 경기도 파주시 회동길 230(문발동)
전화 031) 908-3181(대표)
팩스 031) 908-3189
홈페이지 http://ebook.kstudy.com
전자우편 출판사업부 publish@kstudy.com
등록 제일산-115호(2000. 6. 19)

ISBN 979-11-6603-091-8 13810